Dunbar Jupiter Hammon
Public Library

D1738144

Un asunto de familia

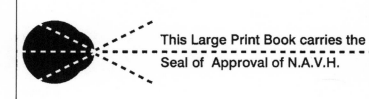

This Large Print Book carries the
Seal of Approval of N.A.V.H.

Un asunto de familia

Diana Palmer

Thorndike Press • Waterville, Maine

Published in 2005 by arrangement with Harlequin Books S.A.
Publicado en 2005 en cooperación con Harlequin Books S.A.

Thorndike Press® Large Print Spanish.
Thorndike Press® La Impresión grande española.

The tree indicium is a trademark of Thorndike Press.
El símbolo del árbol es una marca registrada de Thorndike Press.

The text of this Large Print edition is unabridged.
El texto de ésta edición de La Impresión Grande está inabreviado.

Other aspects of the book may vary from the original edition.
Otros aspectros de éste libro podrían variar de la edición original.

Set in 16 pt. Plantin.
Impreso en 16 pt. Plantin.

Printed in the United States on permanent paper.
Impreso en los Estados Unidos en papel permanente.

Library of Congress Cataloging-in-Publication Data

Palmer, Diana.
    [Man of ice. Spanish]
    Un asunto de familia / Diana Palmer.
      p. cm.
    Translation of: Man of ice.
    ISBN 0-7862-6698-8 (lg. print : hc : alk. paper)
    1. Large type books.   I. Title.
    PS3566.A513M35518 2004
    813'.54—dc22   2004059837

Un asunto de familia

Prólogo

DAWSON Rutherford vaciló al subir los escalones de entrada de la mansión de los Mercer. El mayordomo mantenía abierta la puerta de madera tallada, pero él apenas podía oír la música, las voces y el chocar de vasos que llegaban desde el interior. No se había sentido más inseguro en toda su vida. Al preguntarse si Barrie Bell, su hermanastra, le daría la bienvenida, una fría sonrisa de burla se dibujó en su rostro. En los últimos años, ¿cuándo se había alegrado ella de su presencia? Una vez lo quiso, pero él la rechazó, tratando de apagar las violentas emociones que le inspiraba desde que su padre se había casado con la madre de Barrie.

Se pasó una de sus grandes y delgadas manos por la cabeza, sin despeinarse. Tenía el pelo corto y rubio, y los ojos verdes, y en aquellos momentos, allí de pie, elegante y apuesto, miraba reflexivamente a algunas mujeres allí presentes. Sin embargo, no tenía ojos para ninguna de ellas. Le llamaban «el hombre de hielo». Y no porque hubiera naci-

7

do en un país frío.

Pudo verla a través de la puerta. La melena, morena, larga y rizada, le caía sobre los hombros desnudos y el vestido plateado. Desde que sus padres habían muerto, sólo se tenían el uno al otro, pero ella siempre evitaba su presencia. Lo cierto era que no podía culparla, sobre todo después de haber sabido recientemente que su turbulenta relación con Barrie había tenido otra víctima.

No sabía si entrar. La vería de nuevo y hablaría con ella. La última vez que se vieron habían acabado discutiendo sobre el mismo asunto que lo había llevado allí. Pero en aquella ocasión necesitaba la misma excusa para llevársela de vuelta a Sheridan, Wyoming. Tenía que deshacer cinco años de dolor, compensarla por lo que había tenido que soportar. Y para hacerlo tendría que enfrentarse a sus demonios personales y al miedo que él mismo había provocado. No se sentía con fuerzas, pero era hora de borrar el pasado y empezar de nuevo. Si podían…

Capítulo Uno

SE había convertido en una regla socialmente aceptada que nunca se invitara a la misma fiesta a Barrie Bell y a su hermanastro, Dawson Rutherford. Ya que los dos no tenían muchos amigos comunes y vivían en distintos estados, esa norma no solía romperse. Pero aquella noche Barrie descubrió que la regla también podía tener su excepción.

Ni siquiera había tenido interés en salir, pero Marta y John Mercer, viejos amigos de los Rutherford con los que había trabado gran amistad desde que éstos se establecieron en Tucson, insistieron en que necesitaba divertirse. Aquel verano no había podido dar clases y el trabajo a tiempo parcial que le había permitido disponer de algún dinero había concluido. Necesitaba un poco de alegría y la fiesta de Marta iba a proporcionársela.

Así era. Aquella noche, Barrie se sentía más feliz que en los últimos meses. En los escalones de la entrada fue secuestrada por dos admiradores: el ejecutivo de un banco y un guitarrista de jazz.

Llevaba un vestido diseñado para elevar la presión sanguínea. Plateado y con unos finos tirantes que dejaban al descubierto la piel morena de sus hombros. Le caía hasta los tobillos y tenía una larga y seductora abertura a un lado. Se había puesto unos zapatos de tacón alto que hacían juego con el vestido y llevaba el pelo suelto, que casi le llegaba a la cintura. En las suaves facciones de su rostro destacaba el alegre brillo de sus ojos verdes.

Y conservaron aquel brillo hasta que vio aparecer a Dawson Rutherford. Al verlo, interrumpió la animada charla que mantenía con sus amigos y se convirtió en un ser vulnerable y acosado.

Sus dos acompañantes no relacionaron el repentino cambio de su actitud con la entrada de su hermanastro. Al menos no hasta unos minutos más tarde, cuando Dawson localizó a Barrie en la escalera, y después de excusarse ante la anfitriona, a quien estaba saludando, acudió junto a ella con una copa en la mano.

Dawson destacaba sobre el resto de los hombres presentes en la fiesta. Algunos de ellos eran muy apuestos, pero Dawson tenía algo más. Tenía el pelo corto, rubio y ondulado, y la piel bronceada. Los rasgos faciales perfectamente modelados, y unos ojos verdes de profunda mirada. Era alto y delgado, pero musculoso, gracias a las horas que pasaba montando a caballo. Dawson era multimillonario. No obstante, solía echar una mano en los numerosos ranchos que poseía. Era frecuente encontrarlo atrapando reses a lazo para marcarlas o conduciendo ganado a través de las inmensas llanuras de su rancho de Australia, de varios miles de kilómetros cuadrados de extensión. Sus pocas horas de ocio las pasaba trabajando con los purasangre que criaba en su rancho principal, en Sheridan, Wyoming, eso si no tenía que estar vendiendo o comprando ganado por todo el país.

Era un hombre elegante, desde sus botas de cuero cosidas a mano a los elegantes pantalones y la camisa de seda que vestía con una chaqueta de diseño. Todo en él, desde el Rolex hasta la sortija de diamantes en forma de herradura de su mano derecha, le daba el aspecto de un hombre rico. Y además de sus educadas maneras contaba con una fría y calculadora inteligencia. Dawson hablaba francés y español perfectamente, y era licenciado en economía.

Los dos acompañantes de Barrie se sintieron cohibidos al verlo aparecer. Llevaba una copa en la mano. No solía beber y nunca lo hacía en exceso. Era de la clase de hombres a quienes no les gusta perder el control.

Barrie sólo le había visto perderlo una sola vez. Quizá por ello él la odiase tanto, porque era la única que le había visto perdiendo el control de sí mismo.

—Bueno, bueno, me pregunto si Marta estaba pensando que las reglas están hechas para romperlas —dijo Dawson dirigiéndose a Barrie. Su voz era grave y aterciopelada y se oía con claridad a pesar del murmullo de la fiesta.

—Marta me invitó a mí, pero a ti no —dijo Barrie con frialdad—. Seguro que fue John. Allí está, riéndose.

Al otro extremo de la habitación estaba el marido de Marta; Dawson saludó a su anfitrión alzando su copa y él respondió con el mismo gesto, pero ante la furiosa mirada de Barrie dio media vuelta y desapareció de su vista.

—¿No vas a presentarme? —continuó Dawson impertérrito.

—Oh, éste es Ted y éste... ¿cómo te llamabas?

—Bill —respondió el segundo.

—Éste es mi hermanastro, Dawson Rutherford.

Bill sonrió y le ofreció la mano. Dawson se limitó a asentir con sequedad. El otro, más joven, se aclaró la garganta y con una sonrisa bobalicona hizo un gesto con la copa.

—Uh, mi copa se ha quedado vacía —dijo apresuradamente al ver un brillo extraño en los ojos de Dawson.

—La mía también —añadió Ted con una sonrisa de disculpa. Y los dos se marcharon.

Barrie se quedó mirándolos.

—Qué par de cobardes —dijo entre dientes.

—¿Es que ya no eres feliz si no tienes dos hombres a tu lado? —le preguntó Dawson con desprecio mirándola de arriba abajo. Finalmente, su mirada descansó sobre el escote, que ofrecía una generosa vista de sus preciosos pechos.

Ante aquella mirada Barrie se sintió desnuda. De haber sabido que vería a Dawson no se habría puesto aquel vestido. Pero no pensaba estropear su imagen de mujer sofisticada dejando que pensara que su mirada la perturbaba.

—Así me siento más segura —replicó con una fría sonrisa—. ¿Cómo estás, Dawson?

—¿Tú cómo me ves?

—Has prosperado —le respondió Barrie con sequedad.

Dawson había ido a su apartamento hacía unos meses, con la intención de convencerla para que hiciera de carabina con Leslie Holton, una viuda, antigua actriz, que poseía unas tierras que quería comprar. Al negarse, habían discutido, y habían acabado por no hablarse. Barrie pensaba que no volvería a verlo, pero allí estaba de nuevo. Debía ser porque la viuda todavía lo perseguía, al menos eso le había dicho su mejor amiga, Antonia Hayes Long.

Dawson dio un trago a su copa sin apartar la mira de Barrie.

—Corlie sigue haciendo tu cama de vez en cuando. Te sigue esperando.

Corlie era el ama de llaves de la casa de Dawson en Sheridan. Ella y su marido, Rodge, ya servían en casa de los Rutherford mucho antes de que la madre de Barrie se casara con el padre de Dawson. Barrie quería mucho a Corlie y a Rodge y los echaba de menos, aunque no lo suficiente para volver a Sheridan, ni siquiera para visitarlos.

—Ya no pertenezco a Sheridan —dijo con firmeza—. Ahora mi hogar está en Tucson.

—Tú ya no tienes hogar, y yo tampoco —le replicó Dawson—. Nuestros padres han muerto y sólo nos tenemos el uno al otro.

—Entonces yo no tengo nada —dijo Barrie con aspereza en la voz y en la mirada.

—Eso es lo que te gustaría, ¿verdad? —le preguntó Dawson con una fría sonrisa. La afirmación de Barrie le había dolido, así que añadió deliberadamente—: Bueno, espero que no sigas sufriendo por mí, nena.

Aquella acusación hizo que Barrie se sintiera aún más vulnerable. En los viejos tiempos, Dawson sabía lo que ella sentía por él y lo utilizaba para herirla.

—No quiero perder el tiempo pensando en ti —dijo mirándole fijamente—. ¡Y no me llames nena!

Dawson examinó la cara de Barrie y se vio atraído por su boca.

—Normalmente no me gusta usar palabras cariñosas, Barrie. No en la conversación normal. Pero los dos recordamos la última vez que te llamé así, ¿verdad?

Barrie deseó que la tragara la tierra. Cerró los ojos y le asaltaron los recuerdos. Recordaba la voz de Dawson, grave y profunda por el deseo y la necesidad, susurrando su nombre con cada empuje de su poderoso cuerpo, «Nena, ¡oh, Dios!, nena, nena...».

Profirió un sonido ronco y quiso alejarse, pero él estaba demasiado próximo a ella. Se sentó en el escalón superior y se apoyó en el codo, de modo que Barrie quedó atrapada entre su cuerpo y la barandilla de la escalera.

—No huyas —le dijo Dawson con una sonrisa—. Ahora eres toda una mujer y puedes hacer el amor con un hombre, Barrie. No irás al infierno por ello. Seguro que tienes experiencia para saberlo.

Barrie le miró con temor. Se sentía humi-
llada.

—¿Experiencia?

—¿Con cuántos hombres te has acostado?
¿No te acuerdas?

Barrie lo miró directamente a los ojos,
ocultando el temor que sentía.

—Sí, me acuerdo, Dawson —dijo con una
sonrisa forzada—. He tenido uno, sólo uno
—añadió con un temblor en la voz.

Ante la reacción de Barrie, la hostilidad
de Dawson desapareció. Se la quedó mirando, observándola con atención.

Barrie se puso muy rígida al sentir la
proximidad de Dawson y se tapó los pechos
con las manos.

Dawson retrocedió y ella se tranquilizó
un poco, aunque su postura seguía sin ser
completamente natural. Dawson quería
pensar que la actitud de Barrie era deliberada,
como si quisiera revivir en él el sentido de
culpa. Pero no era así. Su mirada era muy
vulnerable. Le tenía miedo.

Al darse cuenta, Dawson se sintió incómodo. Más incómodo de lo que estaba
normalmente. Lo había hecho durante tanto
tiempo, que mofarse de los sentimientos de
su hermanastra se había convertido en un
hábito. Incluso la noche en que él perdió la
cabeza y ella la inocencia se había mofado de

ella. Luego se comportó cruelmente, luchando contra su sentido de culpa y su vergüenza por haber perdido el control.

En realidad, ni siquiera en aquella fiesta era su intención atacarla. No después de la discusión que habían tenido unos meses atrás. Su intención era hacer las paces, pero su intento se había malogrado. Probablemente te por la forma en que Barrie iba vestida, y por los dos hombres que la cortejaban, que habían despertado sus celos.

No había querido ser tan hosco con ella, pero ella no podía saberlo porque estaba acostumbrada a aquel trato. No estaba muy satisfecho de su comportamiento, sobre todo después de averiguar lo que le había ocurrido por su culpa...

Agachó la mirada y se fijó en sus brazos cruzados. Barrie parecía una niña desamparada. Había adoptado aquella misma postura la noche que la sedujo. Era una imagen que se le había quedado grabada y todavía le dolía.

—Sólo quiero hablar —dijo—. Tranquilízate.

—¿Pero es que todavía queda algo que decirnos? —le preguntó Barrie fríamente—. Ojalá no volviera a verte nunca, Dawson.

—Él la miró fijamente.

—Por el infierno que lo harás.

17

Barrie sabía que no podría vencerlo en una discusión, así que no la inició.

—¿De qué quieres hablar?

—¿De qué podría ser? Quiero que vengas a casa una o dos semanas.

—¡No!

Dawson esperaba aquella reacción y estaba preparado para combatirla.

—Tendrás muchas carabinas —le dijo—, Rodge, Corlie y la viuda Hulton.

—¿Todavía? —dijo Barrie con su sarcasmo—. ¿Por qué no te casas con ella y acabas con el asunto de una vez?

—Sabes que tiene unas tierras en Bighorn que quiero comprar. Sólo querrá discutir el asunto si la invito a pasar unos días en Sheridan.

—He oído que se pasa la vida en el rancho.

—Nos hace muchas visitas, pero nunca se queda a dormir —dijo Dawson—. La única manera de resolver el asunto de una vez es invitándola a pasar unos días en el rancho. Pero no puedo hacer eso si tú no estás.

—Debe gustarte si quieres que se quede a pasar la noche en el rancho —dijo—. ¿Por qué quieres que vaya a hacerte de carabina?

Dawson la miró a los ojos.

—No quiero acostarme con ella. ¿Te ha quedado claro?

Barrie se ruborizó. Normalmente él no le hacía aquel tipo de observaciones. Nunca habían discutido asuntos personales.

—Te sigues ruborizando como una virgen —dijo él con calma.

Un brillo cruzó la mirada de Barrie.

—Y tú eres el único hombre del mundo que no puede dudar de que no lo soy —dijo con aspereza.

Dawson guardó silencio, apuró su copa y se inclinó sobre la barandilla para dejarla sobre una mesa que había al otro lado.

Barrie se apartó. Por un momento, la bronceada cara de Dawson rozó la suya y pudo fijarse en el pequeño lunar que tenía en la comisura de los labios y en el hoyito de la barbilla. Su labio superior era más delgado que el inferior. Recordó con tristeza el sabor de aquellos labios. Había llorado mucho por él y nunca había dejado de amarlo a pesar del dolor que le causaba, a pesar de su abierta hostilidad. Algunas veces se preguntaba si Dawson cambiaría alguna vez.

—¿Por qué no te casas? —le preguntó a Barrie de repente.

—¿Y por qué iba a casarme? —replicó Barrie.

—Porque tienes veintiséis años —le dijo él con calma— y cuantos más años pasen más difícil te será tener niños.

Niños... niños. Barrie se quedó pálida. Tragó saliva al recordar la angustia y el dolor que había sentido, el trayecto en ambulancia, la llegada al hospital. Él no lo sabía, y nunca lo sabría, porque no pensaba decírselo.

—No quiero casarme con nadie. Disculpa, tengo que...

Trató de levantarse, pero Dawson se lo impidió agarrándola del brazo. Estaba tan próximo que podía distinguir el aroma de su exótica colonia y el aliento sobre su cara, con un ligero olor a whisky.

—¡Deja de huir de mí! —gruñó Dawson.

—¡Quiero irme!

Dawson la tomó con más fuerza y la miró con dureza. Barrie se sintió como una idiota al borde de la histeria, pero quería librarse de él.

Aquella lucha desigual acabó cuando Dawson le dio un ligero tirón y ella acabó sentada de un golpe sobre los escalones.

—Ya basta —dijo él con firmeza.

Barrie le miró con ira, pero se sonrojó.

—Por lo menos parece que estás viva —dijo él soltándola—. Y vuelves a fingir que me odias, como de costumbre.

—No finjo nada, te odio.

—Entonces no sé por qué te afecta tanto volver a casa conmigo.

—No pienso hacer de carabina con esa

20

viuda. Si tanto deseas esas tierras…

—No puedo comprarlas si ella no me las vende. Y no me las venderá si no la entretengo.

—Me parece una bajeza, sólo por conseguir unas cuantas hectáreas de tierra.

—Es la única tierra que tiene agua en todo Bighorn —dijo Dawson—. Cuando su marido vivía yo tenía libre acceso al agua, pero o yo compro esas tierras o lo hará Powell Long, las cercará y se acabó el agua para mi ganado. Me odia.

—Sé lo que siente —señaló Barrie.

—¿Sabes lo que hará la viuda si no estás allí? Tratará de seducirme, piensa que no hay hombre que se le resista, y cuando la rechace, irá a hablar con Powell Long y le hará una oferta que no podrá rechazar. Tu amistad con Antonia no le detendrá y cercará las tierras por las que cruza el río. Sin agua perderemos el ganado y la propiedad. Tendré que venderla por nada. Una parte de ese rancho es tu herencia, puede que pierdas más que yo.

—No creo que ella haga eso —dijo Barrie.

—No te engañes. Le gusto —le interrumpió Dawson, y luego añadió con deliberado sarcasmo—. ¿O es que ya no te acuerdas de lo que es eso?

Barrie se sonrojó, pero le miró fijamente a los ojos.

—Estoy de vacaciones.

—¿Y qué?

—¡No me gusta Sheridan, no me gustas tú y no quiero pasar las vacaciones contigo!

—Pues no lo hagas.

Barrie dio un golpe sobre la barandilla.

—¿Y a mí qué me importa si pierdo mi herencia? Tengo un buen trabajo.

—Sí, por qué tendría que importante.

Pero Barrie empezaba a flaquear. Había perdido el trabajo a tiempo parcial y tenía problemas de dinero. Además, no sabía lo que una mujer como la señora Holton podría hacer para hincarle el diente a Dawson. La viuda podría comprometerlo si ella no hacía algo.

—Sería tan sólo por unos cuantos días —dijo.

Dawson la miró sorprendido.

—¿Has cambiado de opinión? —le preguntó a Barrie.

—Lo pensaré repuso ella.

—Creo que podremos vivir bajo el mismo techo algunos días sin llegar a las manos.

—No lo sé —dijo ella apoyándose en la barandilla—. Y si me decido a ir, lo que todavía no he hecho, cuando ella se vaya, me iré yo, tengas o no tengas su trozo de tierra.

Dawson esbozó una sonrisa extraña y calculadora.

—¿Te da miedo quedarte sola conmigo?

Barrie no tenía que responder. La expresión de sus ojos era elocuente.

—No sabes cómo me halaga ese temor —dijo Dawson mirándola a los ojos. Luego sonrió burlonamente—. Pero es infundado. Yo no te deseo, Barrie.

—Hace años sí me deseabas —le recordó ella con enfado.

Dawson asintió, se metió las manos en los bolsillos y se encogió de hombros.

—Hace mucho tiempo de eso —dijo secamente—. Ahora tengo otros intereses, y tú también. Todo lo que quiero es que me ayudes a conseguir esas tierras. Que es algo que a ti también te conviene. Cuando George murió heredaste la mitad de Bighorn. Si perdemos el derecho sobre al agua, la tierra no valdrá nada. Será lo mismo que si no hubieras heredado nada, y tendrás que depender de tu trabajo por completo.

Barrie lo sabía bien. Los dividendos que recibía por la explotación de Bighorn la ayudaban a pagar sus gastos.

—Oh, aquí estás, Dawson, querido —dijo una melosa voz a sus espaldas—. ¡Te he estado buscando por todas partes!

Era una provocativa morena, varios años más joven que Barrie. Sonrió de oreja a oreja y se agarró al brazo de Dawson, apoyando su generoso pecho contra él.

—¡Me encantaría bailar contigo! —dijo efusivamente.

De no haberlo visto por sí misma, Barrie no hubiera creído lo que sucedió. Dawson se puso muy rígido y con las facciones tan duras como si estuvieran grabadas en piedra, apartó a la chica de sí y dio un paso atrás, diciendo con aspereza:

—Disculpa, pero estoy hablando con mi hermana.

La chica se quedó de piedra. Era muy guapa y, obviamente, estaba acostumbrada a engatusar a los hombres con su coquetería, pero el hombre más apuesto de la sala se comportaba como si no le gustara.

—Claro —dijo riendo nerviosamente—. Lo siento, no quería interrumpir. ¿Más tarde, quizás?

Se dio la vuelta y volvió al salón.

Barrie bajó las escaleras y se puso frente a Dawson, mirándolo a los ojos.

—Ya te he dicho que no estoy a disposición de ninguna mujer. Ni de ti ni de ninguna otra —dijo Dawson apretando la mandíbula.

Barrie se mordió el labio inferior, una antigua manía que él le había reprendido en muchas ocasiones, lo que no parecía haber olvidado.

—Para ya, te vas a hacer sangre —le dijo

Dawson dándole unos golpecitos en el labio con el dedo.

—Lo he hecho sin querer —dijo Barrie, y suspiró—. Antes te encantaban las mujeres. Iban detrás de ti como las abejas a la miel.

Dawson se mantenía impertérrito.

—Ya no me gustan tanto —dijo.

—Pero ¿por qué?

—No tienes derecho a invadir mi intimidad —replicó Dawson fríamente.

—Nunca lo he hecho —dijo Barrie con una triste sonrisa—. Siempre has sido muy misterioso, nunca quisiste compartir nada conmigo. Más bien querías mantenerme a distancia.

—Menos una vez. Y mira lo que pasó.

Barrie avanzó un paso hacia la sala.

—Sí.

Guardaron silencio, pero se oían las risas y el sonido del hielo en los vasos.

—Si te pregunto algo, ¿me dirás la verdad? —preguntó Dawson de repente.

—Depende de qué me preguntes. Si tú no respondes a preguntas personales no sé por qué iba a hacerlo yo.

—No, claro —dijo Dawson.

Barrie hizo una mueca.

—Está bien, ¿qué quieres saber?

—Quisiera saber —dijo Dawson con tranquilidad—, con cuántos hombres has estado desde que estuviste conmigo.

Barrie estuvo a punto de dar un respingo ante la audacia de la pregunta. Observó a Dawson. Tenía la misma mirada calculadora que había tenido toda la noche.

—Vas vestida como una mujer fatal —añadió él—. No recuerdo haberte visto nunca así vestida. Flirteas y bromeas con los hombres, pero es todo superficial, simulado. Barrie...

Ella se sonrojó.

—¡Deja de leerme el pensamiento! ¡Lo odiaba cuando tenía quince años y lo sigo odiando ahora!

Dawson asintió lentamente.

—Siempre ha sido así. Sí, sabía incluso lo que estabas pensando. Había una especie de complicidad entre nosotros, algo que perdimos hace tiempo.

—Tú lo echaste a perder —dijo Barrie.

—No me gustaba tenerte en el interior de mi cabeza —dijo.

—Eso nos ocurría a los dos.

Dawson le acarició la mejilla. La piel de Barrie era suave y sedosa. Que ella no se apartara le pareció un buen principio.

—Ven aquí, Barrie —le dijo sin la menor sonrisa. Su mirada, sin embargo, la hipnotizó, la sedujo.

Cuando Barrie se quiso dar cuenta, estaba

a su lado. Le miró con una expresión que ni siquiera era irreconocible.

—Ahora —le dijo Dawson con suavidad—, dime la verdad.

Barrie sabía que no podía escapar. Él estaba demasiado cerca.

—Yo… no pude, no pude hacerlo con otro —susurró—. Tenía miedo.

Dawson se quedó perplejo. Los años de amargura, de culparla por lo que pensaba que había hecho de ella, se basaban en una mentira. Había pasado muchos años atormentado por la culpa y la vergüenza cada vez que oía rumores sobre ella y sus admiradores, cada vez que la veía con otros hombres. En aquel momento supo la verdad: la había destruido como mujer. Había mutilado su sexualidad. Y sólo porque, igual que su padre, una noche perdió el control de sus actos. Y hasta la semana anterior no había sabido lo mucho que ella había sufrido.

Dawson no podía decirle que había acudido a aquella fiesta sólo porque necesitaba una excusa para verla. Ella había ocultado su dolor tan bien que habían pasado largos años sin que él llegara a imaginar lo que le había hecho.

—Dios mío —dijo Dawson entre dientes.

Retiró la mano de su mejilla y se sintió más viejo.

—¿Te sorprende? —le preguntó Barrie con la voz temblorosa—. Siempre has pensado de mí lo peor. Incluso aquella tarde en la playa, antes de... antes de que ocurriera, pensabas que sólo quería exhibir mi cuerpo.

Dawson no apartó la mirada de los ojos de Barrie.

—Querías exhibirte ante mí —dijo con voz grave—. Yo lo sabía, pero no quería admitirlo, eso es todo.

Barrie sonrió con frialdad.

—Dijiste lo suficiente —le recordó—. Dijiste que era una fulana, que estaba tan excitada que no podía...

Dawson le impidió seguir hablando poniéndole un dedo en la boca.

—Puede que no te des cuenta, pero no eres la única que ha pagado muy caro lo que sucedió aquella noche —dijo él al cabo de unos instantes de silencio.

—No me digas que tú lo lamentaste, o que te sentías culpable. No tienes corazón para sentirte culpable, Dawson. ¡Ni siquiera creo que seas humano!

Dawson se rió.

—A veces yo también lo dudo.

Barrie se estremeció. Los dolorosos recuerdos del pasado estaban tan vivos que le causaban un gran dolor.

—¡Yo te quería! —dijo.

—¡Dios mío, y crees que no lo sé! —dijo con un brillo inquietante en los ojos.

Barrie se puso blanca como la nieve y apretó los puños. Quería pegarle, golpearlo, darle patadas, hacerle tanto daño como el que él le había hecho.

Sin embargo, recordando el lugar en que se encontraban, se calmó.

«No es ésta la ocasión ni éste el lugar apropiado», pensó.

Dawson se metió las manos en los bolsillos y la miró a los ojos.

—Ven conmigo a Wyoming. Es hora de que te libres de eso. Ya has sufrido bastante por algo que no fue culpa tuya.

Barrie se vio sorprendida por aquellas palabras. De alguna manera, algo había cambiado en la actitud de Dawson, aunque no podía entender por qué. Incluso su hostilidad inicial no había sido tan cruel como otras veces, como si sólo la reprendiera porque tenía la costumbre de hacerlo. Dawson no parecía especialmente peligroso, aunque ella no podía ni quería confiar en él. No podía querer que lo acompañara a Wyoming sólo para hacer de carabina.

—Me lo pensaré —le dijo—, pero no lo decidiré esta noche. No sé si quiero volver a Sheridan, aunque sea para salvar mi herencia.

Dawson quiso decir algo para convencerla, pero la crispación anterior había dejado huella en la expresión de Barrie, y él no podía soportar que aquel rostro perdiera su esplendor.

—Está bien —dijo encogiéndose de hombros—, piénsalo.

Barrie suspiró y se dirigió al salón. Durante el resto de la velada fue el alma de la fiesta, aunque Dawson no pudo verlo, porque se marchó a su hotel un par de minutos después de aquella conversación.

Capítulo Dos

ERA un sábado muy aburrido. Barrie ya había hecho la colada y acababa de volver de la compra. Tenía una cita, pero la canceló. Ya no soportaba salir con un hombre que no le importaba. Nadie estaría a la altura de Dawson, por mucho que pretendiera encontrarlo. Él era su dueño. Estaba tan segura de ello como de que era dueño de media docena de ranchos y de una flota de coches. Era su dueño, aunque no la quisiera.

Barrie había dejado de esperar milagros. Después de la noche anterior era obvio que el rechazo que sentía desde que ella tenía quince años, no iba a disminuir. Lo cierto era que ni siquiera ella tenía ganas de pensar en él como amante. La había ofendido para luego acusarla de ser una buscona. Dawson trataba bien a la gente que le gustaba, pero ni ella ni su madre le habían gustado nunca. Ellas habían sido las extrañas, las intrusas en la familia Rutherford. Dawson las había odiado desde el momento en que entraron a formar parte de su familia.

Once años habían pasado desde la muerte

de sus padres, pero nada había cambiado, aparte de que ella había desarrollado al límite su instinto de conservación. Había evitado a Dawson como a una plaga. Hasta la noche anterior, en que su arrebato de furia la había traicionado.

Aquella mañana se sentía avergonzada y aturdida por haberse dejado llevar de aquella manera. Su única esperanza era que Dawson ya estuviera camino de Sheridan, y que no tuviera que verlo de nuevo hasta que aquel incidente estuviera olvidado, hasta que las nuevas heridas se hubieran cerrado.

Acababa de fregar el suelo de la cocina y de sacar la fregona a la terraza de su pequeño apartamento, cuando sonó el timbre de la puerta.

Era la hora de comer y, después de una mañana tan atareada, tenía hambre. Ojalá no fuera el hombre con el que había anulado la cita.

Su pelo suelto flotaba sobre la espalda. Era su mayor encanto, junto a sus ojos verdes. Tenía la boca redonda y la nariz recta, pero su belleza no era convencional, aunque tenía un gran tipo. Llevaba una camiseta y unos vaqueros viejos, que acentuaban las formas perfectas de su cuerpo. No se había puesto maquillaje, pero tenía las mejillas sonrosadas y le brillaban los ojos.

Abrió la puerta y fue a dar la bienvenida cuando se dio cuenta de quién era. No se trataba de Phil, el vendedor con el que no quería salir.

Dawson no había cambiado, le seguían gustando las apariciones repentinas. El corazón comenzó a latirle muy deprisa y se le hizo un nudo en la garganta. El cuerpo le ardía como si estuviera en una hoguera.

Unos ojos de un verde más oscuro que los suyos le devolvían su sorprendida mirada. Llevara lo que llevara, Dawson siempre estaba elegante. Vestía unos vaqueros de marca, camiseta blanca y chaqueta gris. Se había puesto unas botas grises de cuero, cosidas a mano, y llevaba un sombrero Stetson en la mano.

Dawson la observó de la cabeza a los pies sin la menor expresión en su rostro. Nunca permitía que sus gestos revelaran sus sentimientos, mientras que la cara de Barrie era como un libro abierto.

—¿Qué quieres? —preguntó Barrie con aspereza.

Dawson hizo una mueca de sorpresa.

—Una palabra amable, pero me temo que sea esperar lo imposible. ¿Puedo entrar o... no es conveniente?

Barrie se apartó de la puerta.

—¿Quieres mirar el dormitorio? —le dijo con sarcasmo.

Dawson la miró a los ojos y entró en el apartamento. Normalmente, habría aceptado el reto y hubiera respondido con otra frase cortante, pero la noche anterior había decidido no volver a provocarla. Ya la había ofendido bastante. Apoyó el sombrero en el picaporte de la puerta de la cocina y dijo:

—¿Has decidido ya si vienes a Sheridan? —le preguntó—. Sólo será una semana. Estás de vacaciones y John me dijo que ya no tenías ese trabajo de media jornada. ¿No puedes sobrevivir una semana sin tus admiradores?

Barrie no le replicó ni le dio con la puerta en las narices, que era lo que él esperaba. Sabía que si mantenía la calma, él quedaría desconcertado.

—No quiero hacer de carabina —dijo—. Búscate a otra.

—No hay otra, y tú lo sabes —dijo Dawson—. Quiero esas tierras, lo que no quiero es que la señora Holton tenga oportunidad de hacerme chantaje. Es una mujer acostumbrada a conseguir lo que quiere.

—Pues ya sois dos. Congeniaréis, ¿no? —replicó Barrie.

—Yo no consigo todo lo que quiero —dijo Dawson—. Corlie y Rodge siguen en la casa y te echan de menos.

Barrie no respondió. Se quedó mirándolo. Lo odiaba y lo amaba al mismo tiempo, y no podía evitar que los recuerdos acudieran a su mente.

—Tus ojos son muy expresivos —dijo Dawson. Tras la pretendida aversión de Barrie se escondía un gran dolor, y él lo sabía—. Tus ojos están tristes, Barrie.

El tono de Dawson era misterioso, oscuro. Barrie percibía un cambio en él, un asomo de sentimiento que sin embargo se empeñaba en ocultar.

—Te he comprado un caballo —le dijo él pasando los dedos por el ala del sombrero.

—¿Por qué?

—Porque pensé que podría sobornarte —dijo Dawson—. Pero en realidad es medio caballo, está castrado. ¿Todavía sabes montar?

—Sí.

—¿Entonces? —dijo Dawson mirándola a los ojos.

—Corlie y Rodge pueden hacer de carabinas, a mí no me necesitas.

—Sí te necesito, más de lo que piensas.

Barrie tragó saliva.

—Mira Dawson, sabes que no quiero volver, y sabes por qué. Vamos a dejar las cosas como están.

—Ya hace cinco años. ¡No puedes vivir en el pasado para siempre! —dijo Dawson con un brillo en los ojos.

—¡Claro que puedo! —le replicó ella con una mirada de odio—. No voy a perdonarte. No voy a perdonarte, ¡nunca!

Dawson agachó la mirada y apretó la mandíbula.

—Supongo que tenía que esperarme algo así, pero la esperanza es eterna, ¿no es así? —dijo Dawson poniéndose el sombrero.

Barrie tenía los puños apretados, porque le costaba mantener el control.

Dawson dio unos pasos para irse pero se detuvo a su lado. Era mucho más alto que ella. A pesar de su pasado, Barrie se estremeció al tenerlo tan cerca y retrocedió.

—¿Crees que yo no tengo cicatrices? —preguntó Dawson.

—Los hombres de hielo no tienen cicatrices —dijo Barrie con un temblor en la voz.

Dawson guardó silencio. Se dio la vuelta y fue hasta la puerta. Barrie estaba muy extrañada. Aquel no era el Dawson que ella conocía. Estaba evitando una pelea y ni siquiera parecía dispuesto a insultarla. Aquel silencio era nuevo y la desconcertaba lo bastante como para llamarlo.

—¿Qué ocurre? —le preguntó.

Dawson se detuvo, sorprendido por la franqueza de la pregunta.

—¿Qué?

—Te he preguntado qué ocurre —repitió

Barrie—. No pareces tú.

Dawson apretó el puño.

—¿Cómo que no soy yo? —dijo.

—Me estás ocultando algo.

Dawson respiraba con agitación sin dejar de mirar a Barrie a los ojos. Estaba más delgado de lo que ella lo recordaba, más esbelto.

—¿Me vas a decir qué es? —le preguntó.

—No —respondió Dawson después de una larga pausa—. No cambiaría nada. Entiendo que no quieras venir, no te culpo.

Barrie sabía instintivamente que Dawson estaba ocultando algo. Lo vio tan vulnerable que dio un paso hacia él. Fue una acción tan inesperada que Dawson apretó el picaporte, que acababa de agarrar. Barrie no se había acercado a él desde hacía más de cinco años.

Pero Barrie se detuvo a un paso de distancia.

—Venga, dime qué te pasa —le dijo con ternura—. Eres como tu padre, hay que sacarte las palabras con tenazas. Dime qué te ocurre, Dawson.

Dawson respiró profundamente, vaciló un instante y al final habló.

Ella no le entendió.

—¿Qué eres qué? —le preguntó.

—¡Soy impotente!

Barrie se lo quedó mirando. Así que los rumores no se referían al carácter cuando le llamaban «el hombre de hielo». Se referían a que había perdido la virilidad.

—Pero... ¿cómo... por qué? —le dijo con voz grave.

—Quién sabe. ¿Qué importa? La señora Holton es una mujer muy decidida, y piensa que es un regalo del cielo para la población masculina —dijo e hizo una mueca, como si sufriera con cada palabra que decía—. Necesito ese maldito pedazo de tierra, pero tengo que lograr que venga a Sheridan para hablar conmigo. Le gusto y, si me presiona demasiado, se dará cuenta de que soy... incapaz. Ahora mismo es sólo un rumor, pero ella haría que se convirtiera en la noticia del siglo. Quien sabe, tal vez sólo quiera ir para comprobar si el rumor es cierto.

Barrie estaba horrorizada. Retrocedió y se sentó en el sofá. Se había quedado pálida, tan pálida como Dawson. Le sorprendía que él le contara una cosa así cuando ella era su peor enemiga. Era como darle una pistola cargada.

Dawson se dio cuenta de su expresión y se enfadó.

—Di algo —le espetó.

—¿Y qué puedo decir?

—Di que te imaginas lo terrible que es

38

—murmuró Dawson entre dientes.

Barrie entrelazó los dedos.

—Pero, ¿tú crees que una hermana va a detener a esa mujer?

—Es que no volverías a Sheridan como una hermana.

Barrie hizo un gesto de perplejidad.

—¿Entonces cómo? —preguntó.

Dawson sacó del bolsillo una cajita de terciopelo y se la ofreció. Barrie frunció el ceño y la abrió. Contenía un anillo de pedida de oro con una esmeralda y un anillo de compromiso de oro y diamantes. Dejó caer la caja como si le quemara las manos.

Dawson no reaccionó, aunque una sombra cruzó su mirada.

—Bueno, es una manera muy original de demostrar tus sentimientos —dijo sardónicamente.

—¡No puedes hablar en serio!

—¿Por qué no?

—Somos familia.

—¡Y un cuerno! No tenemos ni un sólo papel en común.

—¡Qué diría la gente!

—Que digan lo que quieran de la boda, mientras no hablen de... de mi condición.

En aquellos momentos, Barrie comprendió lo que él quería de ella. Quería que volviera a Sheridan fingiendo que era su prometida para acabar con los rumores. Más específicamente, quería que fuera para interponerse entre él y la señora Holton, de modo que ésta no averiguara la verdad sobre él y al mismo tiempo pudiera convencerla de que le vendiera sus tierras. Dawson pretendía matar dos pájaros de un tiro.

Pensar que Dawson era impotente la consternaba. No podía imaginar por qué le había ocurrido. Tal vez se hubiera enamorado. Hacía unos años se extendió el rumor de que estaba perdidamente enamorado, pero el nombre de la mujer nunca se supo.

—¿Hace cuánto tiempo? —le preguntó.

—Eso no es asunto tuyo.

Barrie hizo una mueca.

—Ya, bueno, a ver si me entero, ¿aquí quién le está haciendo un favor a quién?

—Eso no te da derecho a hacerme preguntas íntimas. Y, además, tú también te beneficiarás de que me venda la tierra —dijo Dawson, y se metió las manos en los bolsillos—. Barrie, es un asunto muy doloroso.

—Pero tú podías... lo hiciste... conmigo —dijo.

Dawson casi soltó una carcajada.

—Ah, sí —dijo con amargura—. Lo hice, ¿verdad? Ojalá pudiera olvidarlo.

Barrie se quedó muy sorprendida. Dawson había disfrutado haciendo el amor con ella, al menos eso pensaba ella. Pero por sus palabras parecía como si aquel placer fuera... Sin embargo, cortó de raíz aquellos pensamientos prohibidos.

Dawson se agachó y recogió la cajita del suelo.

—Son muy bonitos —dijo Barrie—. ¿Los has comprado hace poco?

—Los compré hace... un tiempo —dijo Dawson observando la caja, y volvió a metérsela en el bolsillo. Luego la miró a los ojos, sin decir nada.

Barrie no quería volver a Sheridan. La noche anterior, y aquella misma mañana, se había dado cuenta de que todavía se sentía muy vulnerable cuando estaba con él. Pero la idea de que Dawson se convirtiera en un hazmerreír le disgustaba. Dawson era muy orgulloso y ella no quería que se sintiera dolido. ¿Y si la señora Holton averiguaba su secreto y lo divulgaba por Bighorn? Dawson podría demandarla, pero ¿de qué le serviría una vez que los rumores se hubieran extendido?

—Barrie —dijo Dawson.

Ella suspiró.

—Has dicho que sería sólo una semana, ¿no? —le preguntó. Dawson tenía una expresión de expectante curiosidad—. Y que nadie se enteraría de «nuestro compromiso» excepto la señora Holton, ¿verdad?

—Para que tuviera visos de realidad, tendría que aparecer en los periódicos locales —dijo él mirando al suelo—. No creo que la noticia llegue a Tucson, pero aunque lo hiciera, siempre podremos romper el compromiso, más tarde.

Aquello era algo extraño e inesperado. Barrie ni siquiera tenía tiempo para pensarlo. Debería odiarlo, y lo había intentado durante años. Pero al final todas las cosas son fieles a sí mismas y el verdadero amor no muere ni se deteriora a pesar de el dolor que causa. Probablemente llegaría a pronunciar el nombre de Dawson en su lecho de muerte, a pesar del niño que había perdido y del que él ni siquiera tenía noticia.

—Creo que tendría que ir al psiquiatra —dijo por fin.

—¿Vendrás?

—Sí —dijo ella encogiéndose de hombros.

Dawson permaneció en silencio durante un minuto. Luego sacó la cajita del bolsillo.

—Tendrás que ponerte esto —dijo, se arrodilló frente a ella y sacó el anillo de pedida.

—Pero puede que no me esté bien…

Barrie se interrumpió mientras él le ponía el anillo. Le entró perfectamente, como si estuviera hecho a medida.

Dawson no dijo nada. Tomó la mano de Barrie y se la llevó a los labios, besando el anillo. Barrie se quedó de piedra.

Dawson rió con frialdad antes de mirarla a los ojos.

—Hay que hacer las cosas como es debido, ¿no crees? —dijo con una sonrisa burlona antes de ponerse en pie.

Barrie guardó silencio. Todavía sentía en su mano el tacto de aquel beso, como si la hubiera marcado a fuego. Miró el anillo. La esmeralda era perfecta, probablemente de tanto valor como un diamante de igual tamaño.

—¿Es falsa? —le preguntó a Dawson.

—No.

—Me encantan las esmeraldas —dijo acariciando la piedra con un dedo.

—¿Sí?

—La guardaré bien —dijo Barrie mirándole a los ojos—. La mujer para la que la compraste... ¿no la quería?

—No me quería a mí. Y teniendo en cuenta las circunstancias, me alegro.

Dawson hablaba con amargura. Barrie no podía imaginar que alguien no pudiera quererlo. Ella sí lo quería, al menos platónicamente, si no físicamente. Pero había sufrido mucho, sobre todo porque él no había sido precisamente amable con ella después de hacerle el amor.

Con los ojos fijos en la esmeralda, le preguntó:

—¿Pudiste con ella?

Se hizo un incómodo silencio.

—Sí —respondió Dawson por fin—. Pero ella ya no forma parte de mi vida, y no creo que vuelva a serlo.

—Lo siento —dijo débilmente—. No volveré a hacerte más preguntas.

Dawson se dio la vuelta y volvió a meterse las manos en los bolsillos.

—¿Qué te parece si nos vamos a Wyoming hoy? A no ser que tengas alguna cita...

Barrie lo miró. Estaba completamente tenso, rígido.

—Me han llamado para salir, pero he dicho que no. Al sonar el timbre pensé que era él, me dijo que no admitiría un no por respuesta.

Justo al terminar la frase, sonó el timbre. Tres veces, con insistencia.

Dawson fue hacia la puerta.

—¡Dawson, no irás a...!

Dawson no se detuvo. Abrió la puerta, ante la que había un joven rubio, bastante guapo y con los ojos azules.

—¡Hola! —dijo con una sonrisa—. ¿Está Barrie?

—Se ha ido de viaje.

El joven, que se llamaba Phil, se dio cuenta de la mirada que Dawson le dirigía y la sonrisa de su rostro comenzó a desvanecerse.

—¿Es usted un familiar?

—Es mi prometida —dijo Dawson.

—Su prom... ¿Qué?

Barrie se abrió paso tras la espalda de Dawson.

—¡Hola, Phil! —dijo alegremente—. Lo siento, pero ha sido ahora mismo.

Extendió el brazo y le enseño la sortija. Dawson ni se movió. Seguía allí de pie, frente a Phil.

Phil dio un paso atrás.

—Uh, bueno, pues enhorabuena. Entonces... ya nos veremos.

—No —replicó Dawson.

—Claro que sí, Phil. Que pases un buen fin de semana. Lo siento.

—Vale, vale. Enhorabuena otra vez —añadió Phil tratando de tomarse la situación lo mejor posible. Echó una última mirada a Dawson y se alejó tal como había venido, lo más deprisa posible.

Dawson murmuró algo entre dientes.

Barrie lo miró enfurecida.

—Has sido muy desagradable. ¡Se ha ido con un miedo de muerte! —le dijo a Dawson.

—Me perteneces mientras dure nuestro

compromiso —dijo él con frialdad—. No pienso ser amable con ningún hombre que se te aproxime hasta que no consiga ese trozo de tierra.

Barrie suspiró.

—He prometido fingir que me voy a casar contigo, eso es todo. Yo no te pertenezco.

Un oscuro brillo cruzó la mirada de Dawson, un brillo que Barrie ya había visto hacía muchos años. Daba la impresión de que quería decir algo, pero se contuvo. Al cabo de unos instantes se dio la vuelta.

—¿Vienes conmigo? —le espetó a Barrie.

—Tengo que cerrar el piso y hacer las maletas...

—Con media hora te basta, ¿te vienes?

Barrie vaciló. Se sentía atrapada. No estaba segura de que aquel asunto fuera una buena idea. Lo que sí sabía era que de haber tenido un día para pensarlo, no lo habría hecho.

—Podríamos esperar hasta el lunes —dijo.

—No. Si te dejo tiempo para pensarlo, no vendrás.

No quiero que te arrepientas, lo has prometido.

Barrie dejó escapar un suspiro.

—Debo estar loca —dijo.

—Puede que yo también lo esté —dijo apretando los puños, que tenía dentro de los bolsillos—, pero no se me ha ocurrido nada más. Yo no quería invitarla. Se invitó a sí misma, delante de media docena de personas. Lo hizo de un modo que no podía decirle que no sin dar pie a más rumores.

—Seguro que hay otras mujeres que aceptarían fingir que son tu prometida.

Dawson negó con la cabeza.

—No hay nadie. ¿O es que los rumores no han llegado tan al sur, Barrie? —dijo con amargo sarcasmo—. ¿No los has oído? Sólo que no están seguros de estar en lo cierto. Piensan que una mujer me rompió el corazón y que estoy condenado a desear a la única mujer que no puedo tener.

—¿Y tienen razón? —le preguntó Barrie mirando la sortija que adornaba su dedo.

—Claro —dijo Dawson con sarcasmo—. Estoy loco por una mujer que perdí y no puedo hacer el amor con ninguna otra mujer, ¿no lo parece?

Si aquello era lo que pasaba a Dawson, a Barrie no se lo parecía. Sabía que había habido muchas mujeres en la vida de Dawson, aunque llevaban enemistados tanto tiempo que ella sería la última en enterarse de si se había enamorado de una mujer o no. Probablemente había ocurrido en los años en que habían vuelto de sus vacaciones en Francia. Dios sabía que desde entonces ella había dejado de formar parte de su vida.

—¿Ha muerto? —le preguntó con ternura.

—Tal vez sí —replicó Dawson—. ¿Pero eso qué importa?

—No, supongo que no importa —dijo ella estudiando los rasgos de Dawson, y por primera vez descubrió algunas canas, medio ocultas bajo el pelo rubio de la sien—. Dawson, tienes canas.

—Tengo treinta y cinco años.

—En septiembre haces treinta y seis.

Un brillo cruzó su mirada. Le asaltaron, como a ella, los recuerdos de los días en que daba grandes fiestas de cumpleaños a las que acudían las chicas más guapas de la ciudad. Barrie recordó que una vez le dio un regalo, no gran cosa, sólo un pequeño ratón de plata que le había comprado con sus ahorros, y él lo miró con desdén y se lo dio a la mujer con la que iba a salir aquella noche. Barrie nunca volvió a ver aquel objeto, pero le quedó muy claro que no significaba nada para él. Aquello le había dolido más que cualquier otra cosa que le hubiera sucedido en su vida.

—Lo peor son las pequeñas crueldades, ¿no? —preguntó Dawson, como si pudiera leer el pensamiento de Barrie—. Permanecen aunque pasen muchos años.

Barrie se dio la vuelta.

—Todo el mundo las supera —dijo ella

con indiferencia.

—Tú has sufrido demasiadas —dijo Dawson con amargura—. Te traté mal cada día de tu juventud.

—¿Cómo vas a ir a Sheridan? —le preguntó Barrie cambiando de tema.

Dawson dejó escapar un largo suspiro.

—He venido en el avión privado —dijo.

—Hace muy mal tiempo.

—No importa. ¿Te da miedo volar conmigo?

—No —dijo Barrie dándose la vuelta.

—Por lo menos —dijo Dawson—, hay algo de mí que no te da miedo. Haz el equipaje, te recojo dentro de dos horas.

Dawson abrió la puerta y se marchó. Mientras hacía la maleta, Barrie se quedó pensando sobre lo ocurrido y lo que habían decidido, pero no podía encontrarle ningún sentido.

Capítulo Tres

HABÍA tormenta y la lluvia golpeaba la ventanilla del pequeño jet mientras Dawson iniciaba la maniobra de aproximación a su aeropuerto privado en Sheridan. Dawson no se inmutaba lo más mínimo a pesar de que la tormenta arreciaba. Era tan frío a los mandos del avión como a los del volante de un coche, o en cualquier otra situación. Mientras atravesaba la tormenta, Barrie lo había visto sonreír.

—¿No sientes como mariposas en el estómago? —le preguntó Dawson cuando por fin aterrizaron.

Ella negó con un gesto.

—Nunca vacilas cuando la suerte está echada —respondió Barrie sin darse cuenta de que parecía muy sentenciosa.

Dawson la miró. Parecía cansada y preocupada. Le dieron ganas de acariciarle la mejilla, para que su cara volviera a recuperar su color sonrosado. Pero sabía que si la tocaba, podría causarle miedo. Tal vez, pensaba con tristeza, había esperado demasiado para tender un puente entre ellos. Las últimas dos semanas su vida había cambiado mucho, y sólo porque se había encontrado por casualidad con un antiguo amigo. Un amigo médico que cinco años antes trabajó en la sala de urgencias de un hospital de Tucson.

Barrie se dio cuenta del gesto taciturno de Dawson.

—¿Algo va mal? —le dijo frunciendo el ceño.

—Casi todo, si quieres saberlo —respondió Dawson con la mirada ausente—La vida nos da lecciones muy duras, pequeña.

Dawson nunca había llamado así a Barrie, en realidad, ella nunca le había oído llamar así a nadie en una conversación normal y corriente. Dawson había cambiado y desde que se habían visto la trataba con una ternura desconocida. Pero ella no entendía a qué venía aquel cambio de actitud y no se fiaba de él.

—Ahí viene Rodge —murmuró Dawson indicando la carretera que provenía del rancho, por donde se aproximaba una ranchera—. Diez a uno a que se ha traído a Corlie.

Barrie sonrió.

—Hace mucho tiempo que no los veo —dijo.

—Desde el funeral de mi padre —dijo Dawson.

Bajó por la escalerilla del avión y esperó para ver si Barrie necesitaba ayuda. Pero ella llevaba zapatillas deportivas y vaqueros, no zapatos de tacón. Bajó como si fuera una cabra montés. Acababa de pisar la pista cuando la ranchera se detuvo a escasos metros y se abrieron sus dos puertas delanteras. Corlie, pequeña y delgada y con el pelo completamente canoso se bajó extendiendo los brazos. Barrie corrió hacia ella, con ganas de recibir el afecto de la anciana.

Rodge estrechó la mano de Dawson y esperó su turno para abrazar a Barrie. Era por lo menos diez años mayor que Corlie, pero todavía conservaba el pelo moreno, aunque plateado en las sienes. En ausencia de Dawson se ocupaba de dirigir el rancho, y cuando éste estaba en Sheridan se convertía en su secretario.

Corlie y Rodge llevaban tanto tiempo con los Rutherford que era como si fueran de la familia. Sólo al abrazar a Corlie, se dio cuenta Barrie de lo mucho que la había echado de menos.

—Niña, estás más delgada —dijo la anciana—. Me parece que no comes como es debido.

—Seguro que tú me vas a dar bien de comer.

—¿Cuánto tiempo vas a quedarte?

Antes de que Barrie pudiera responder, Dawson tomó su mano izquierda y la sostuvo ante los ojos de Corlie.

—Ésta es la razón de que haya vuelto —dijo—. Estamos prometidos.

—Oh, Dios mío —exclamó Corlie antes de que una aturdida Barrie pudiera proferir palabra. Los ojos de la anciana se llenaron de lágrimas—. Ya lo decía el señor Rutherford, y Rodge y yo también. No sabéis cuánto me alegro. Puede que ahora deje de estar tan serio y sonría de vez en cuando —añadió haciéndole un gesto a Dawson.

Barrie no sabía qué decir. Seguía aturdida por las felicitaciones de Rodge y la intimidadora presencia de Dawson. Sin embargo, era emocionante mirar a su alrededor. Había vuelto a Sheridan. El rancho no estaba en la ciudad, por supuesto sino a varios kilómetros de ella. Pero era el hogar de Dawson desde que ella le conocía, y lo amaba porque él lo amaba. Muchos recuerdos de aquel lugar eran dolorosos, pero a pesar de ello, la encantaba.

Se sentó en el asiento de atrás de la ranchera junto a Corlie, Dawson se puso al volante y se pasó el camino hablando de negocios con Rodge.

La casa de los Rutherford era de estilo victoriano. Había sido construida a principios de siglo en el mismo lugar en que se alzara la del bisabuelo de Dawson. En

Sheridan habían crecido tres generaciones de Rutherford.

A menudo Barrie deseaba saber más sobre su propia familia de lo que sabía sobre la de Dawson. Su padre había muerto cuando ella tenía diez años, demasiado joven, pues, para interesarse por los antecedentes familiares. Luego su madre se casó con George Rutherford, y estaba tan enamorada de él que no tenía tiempo para su propia hija. Y lo mismo le había ocurrido a Dawson. Muy pronto, Barrie se dio cuenta de que la relación de Dawson con su padre era respetuosa pero tensa. George esperaba mucho de su hijo, pero no sabía darle afecto. Era como si entre ellos existiera una barrera, y la madre de Barrie sólo la había hecho más grande al casarse con George. Barrie había pasado su adolescencia entre dos fuegos y se había convertido en la víctima del caos que el matrimonio de su padre había supuesto para Dawson.

Rodge llevó las maletas de Barrie a su antigua habitación, en el segundo piso. Ella se quedó en el vestíbulo, observando la casa, las puertas que daban al salón y al estudio y la escalera de caracol alfombrada. Una enorme lámpara de cristal iluminaba el vestíbulo y su luz se reflejaba sobre el suelo de baldosas ajedrezado. El interior de la casa era elegante y la decoración algo inesperada para tratarse de un rancho.

—Ya me había olvidado de lo grande que era —musitó Barrie.

—Solíamos hacer muchas fiestas. Ya no —dijo Corlie mirando a Dawson.

—Tomo nota, Corlie —dijo él—. Probablemente demos una fiesta cuando venga la señora Holton.

—Sería precioso —dijo Corlie y añadió, guiñándole el ojo a Barrie—: Pero supongo que la señora Holton va a ser una molestia para una pareja de novios, así que prometo ayudar lo más posible —dijo y se fue para preparar el café.

—Dios mío —murmuró Barrie presintiendo que se aproximaban las complicaciones.

Dawson se metió las manos en los bolsillos y la miró.

—No te preocupes —dijo—, todo saldrá bien.

—¿Seguro? ¿Y si la señora Holton se da cuenta?

Dawson se aproximó a ella, lo suficiente como para que pudiera sentir el calor de su cuerpo.

—No nos tocamos, ni siquiera nos rozamos —dijo Dawson al notar que Barrie se ponía tensa—. Puede parecer muy raro.

A Barrie le daba miedo aquella sugerencia, pero se suponía que estaban comprometidos y no habría resultado natural que no se tocaran.

—¿Qué vamos a hacer? — le dijo.

—No lo sé —dijo, luego estiró el brazo y le acarició la larga melena morena. Le temblaban los dedos—. Puede que mejoremos con la práctica.

Barrie se mordió el labio.

—Odio… que me toquen —susurró con voz grave.

Dawson hizo una mueca de dolor.

Barrie agachó la mirada.

—¿No te diste cuenta, en la fiesta? Había dos hombres junto a mí, pero yo mantenía las distancias. Siempre es así, ya ni siquiera bailo…

—Dios, perdóname —dijo con pesadumbre—. Yo no creo que me pueda perdonar a mí mismo.

Barrie lo miró, asombrada. Dawson nunca había admitido ninguna culpa, ningún error. Algo debía haber ocurrido para cambiarlo, pero qué.

—Tendremos que pasar algún tiempo juntos antes de que ella llegue —prosiguió Dawson muy despacio—. Podremos conocernos un poco mejor. Podemos intentar agarrarnos de las manos, sólo para acostumbrarnos al tacto del otro.

«Como adolescentes en su primera cita», pensó Barrie, y sonrió.

Dawson respondió con otra sonrisa. Por primera vez, desde que Barrie tenía memoria, fue una sonrisa sin malicia.

—Antonia me dijo que la señora Holton es muy atractiva —dijo.

—Lo es —asintió Dawson—, pero es muy fría. No física sino emocionalmente. Le gusta poseer a los hombres, pero no creo que sea capaz de tener sentimientos profundos, a no ser por el dinero. Es muy agresiva y resuelta. Habría sido una gran mujer de negocios, aunque es perezosa.

—¿Tiene problemas de dinero? —preguntó Barrie.

—Sí. Por eso está buscando un hombre que la mantenga.

—Debería ponerse a estudiar y aprender algo que le sirva para mantenerse.

—Eso es lo que tú hiciste, ¿verdad? —dijo—. No dejaste que mi padre te diera una asignación, o que yo te la diera.

Barrie se ruborizó y apartó la mirada.

—Los Rutherford me pagaron la universidad, con eso fue suficiente.

—Barrie, yo nunca he creído que tu madre se casó con mi padre por dinero —dijo Dawson leyendo los tristes pensamientos que cruzaban la mente de Barrie—. Lo quería, y él la quería a ella.

—No era eso lo que decías entonces.

Dawson cerró los ojos.

—Y no puedes olvidarlo, ¿verdad? No te culpo. Estaba tan lleno de rencor y resentimiento que no dejaba de maldecir. Y tú eras la víctima que tenía a mano, y la más vulnerable... —dijo y volvió a abrir los ojos, que reflejaban el desprecio que sentía por sí mismo—. Tú pagaste por los pecados de tu madre, los pecados de los que yo la acusaba.

—Y cómo disfrutabas haciéndomelos pagar —replicó Barrie con voz grave.

—Sí, es cierto —confesó con sinceridad—. Al menos durante un tiempo disfruté, luego fuimos de vacaciones a la Riviera, con George.

Barrie no podía pensar en aquella época, no quería permitirse pensar en esos días. Se apartó de él.

—Tengo que sacar mi equipaje.

—No te vayas —le dijo Dawson—. Corlie está haciendo café, probablemente también haya hecho un pastel.

Barrie dudó un momento. Luego lo miró, insegura y vacilante.

El gesto de Dawson se endureció.

—No voy a hacerte daño —dijo—. Te doy mi palabra.

—¿Qué ha cambiado? —le preguntó con tristeza.

—*Yo* he cambiado —dijo él.

—¿Te levantaste una mañana y decidiste de repente que querías poner fin a una situación que ya duraba once años?

—No, descubrí lo mucho que había perdido —dijo con la voz grave por la emoción—. ¿Has pensado alguna vez que nuestras vidas dependen de una sola decisión? ¿De una carta perdida o de una llamada telefónica que no nos atrevimos a hacer?

—No, supongo que no lo he pensado —replicó Barrie.

—Vivimos y aprendemos, y a medida que pasa el tiempo las lecciones son cada vez más duras.

—Últimamente estás muy reflexivo —dijo Barrie con curiosidad. El pelo le caía sobre la cara y lo echó hacia atrás con un movimiento de cabeza—. Creo que desde que nos conocemos no hemos hablado sinceramente, menos los últimos dos días.

—Sí, lo sé —dijo Dawson con amargura, luego dio la vuelta y se dirigió al espacioso salón.

Había cambiado desde los tiempos en que Barrie vivía allí. Era allí donde Dawson le había dado el ratoncito de plata, su regalo de cumpleaños, a aquella mujer. Pero habían cambiado los antiguos muebles por unos de estilo victoriano, nobles y recios.

—Esta habitación no te va para nada —

dijo Barrie dejándose caer sobre una silla inesperadamente cómoda.

—No tiene por qué —replicó Dawson sentándose en el sofá tapizado con terciopelo—. Se la encargué a un decorador.

—¿Y qué le dijiste, que ibas a adoptar a la abuela de un amigo y la ibas a instalar aquí?

Dawson hizo un gesto de sorpresa.

—Por si no te has dado cuenta, la casa es de estilo victoriano tardío. Además, yo creía que te gustaban los muebles victorianos —dijo.

—Me encantan —dijo acariciando el brazo de la silla. Se le ocurrían un montón de preguntas, y estuvo a punto de hacerlas, pero Corlie entró con una bandeja con café y pasteles.

—Justo lo que ha ordenado el doctor —dijo la anciana poniendo la bandeja sobre la mesa.

—Las mesas de café grandes no son victorianas —murmuró Barrie.

—Claro que lo son. Los victorianos bebían café —dio Corlie.

—Bebían té —replicó Barrie—, en pequeñas tacitas de porcelana.

—También comían sandwiches de pepino —dijo Corlie—. ¿Quieres uno?

Barrie hizo una mueca.

—No diré nada de la mesa de café si tú no

vuelves a ofrecerme una de esas cosas.

—Trato hecho. Llamadme si queréis algo más —dijo Corlie, y salió cerrando la puerta corredera.

Barrie se sirvió café y algunos pasteles, y lo mismo hizo Dawson. Dawson tomó café solo sin azúcar, como siempre, y Barrie café con leche y azúcar.

—Antonia me ha dicho que te han ofrecido trabajo como directora del departamento de matemáticas en el instituto, para el año que viene —dijo Dawson—. ¿Vas a aceptarlo?

—No lo sé —dijo Barrie—. Me encanta enseñar, pero ese trabajo es sobre todo administrativo. Tendría que dejar de dedicar tiempo a los estudiantes, y a algunos de ellos hay que ayudarlos fuera de clase.

—¿Te gustan los niños?

—Sí —respondió Barrie jugando con la taza de café, tratando de no pensar en el hijo que había estado a punto de tener.

Dawson guardó silencio, esperando que ella se decidiera a contarle sus secretos. Pero el momento transcurrió sin que nada sucediera. Barrie continuó bebiendo café y comiendo los pasteles y no volvió a decir nada.

Finalmente, Dawson desvió el tema y la conversación transcurrió sobre temas intrascendentes. Luego se fue a su estudio para hacer algunas llamadas telefónicas y Barrie subió para deshacer las maletas; no dejaba de pensar acerca del cambio que se había operado en Dawson, pero el pasado aún la afectaba demasiado como para bajar la guardia.

La cena transcurrió entre risas y alegría. Rodge y Corlie cenaron junto a Barrie y a un taciturno Dawson. Mientras los demás hablaban, Dawson escuchaba. Parecía preocupado y al terminar de cenar se excusó y se fue a su estudio. Aún no había salido de su estudio cuando Barrie se despidió y subió a dormir a su antigua habitación.

Estuvo despierta largo rato. Aquella casa le traía muchos recuerdos, recuerdos de la hostilidad de Dawson. Luego, inevitablemente, su mente volvió a la Riviera...

Era una hermosa tarde de verano. Las gaviotas sobrevolaban la blanca arena de la playa donde Barrie estaba tumbada, preguntándose si su aspecto no era demasiado conservador. Mucha gente estaba desnuda y la mayoría de las mujeres estaban en *topless*, aunque nadie parecía prestar la menor atención a los demás.

Barrie no quería tener las marcas del bañador, pero tenía veintiún años y estaba un poco cohibida, e intimidada por Dawson, que estaba a su lado, con un bañador blanco. Dawson tenía un cuerpo espléndido, y ella no podía apartar los ojos de él. Una espesa mata de vello, rubio pero más oscuro que el cabello de su cabeza, cubría su ancho pecho y descendía hasta su estómago y hasta el bañador. Tenía las piernas largas y elegantes y no podía ver ninguna marca del bañador en el moreno de su piel, así que supuso que normalmente tomaba el sol desnudo.

El camino que siguieron sus pensamientos a continuación la avergonzó y tuvo que apartar los ojos de él. Pero tomó los tirantes del bikini, y se preguntó qué pasaría si se lo quitaba, qué pasaría si Dawson la veía desnuda. Aquel pensamiento la hizo temblar y deseó ser sofisticada como las chicas que solían salir con él, hacer por una vez algo atrevido.

Lo miró de un modo que a alguien le podía parecer coqueteo, sin dejar de pasar los dedos por los tirantes del bikini.

Dawson no se daba cuenta de lo cohibida que estaba. Tenía la idea de que era una criatura nacida para conquistar a los hombres. Siempre había visto los tímidos intentos de Barrie por buscar su afecto como una forma deliberada de coquetería, porque era la clase de juego que había visto practicar a otras mujeres adultas y mundanas.

Así que cuando Barrie le dirigió aquella mirada, que tan sólo estaba llena de curiosidad, pensó que lo que quería era que él le pidiera que se quitara el bikini. Y ya que ella tenía un cuerpo tan joven y maravilloso, y él deseaba verlo, se prestó al juego.

—Adelante —murmuró con una voz suave y profunda—, quítatelo, Barrie. Quiero mirarte.

Barrie recordaba que le había mirado a los ojos, y que había descubierto una mirada llena de sensualidad.

—¿Por qué dudas? —dijo él tentándola—. Siendo tan puritana, en este sitio estás llamando la atención. No hay ninguna otra mujer que lleve la parte de arriba del bikini.

Dawson hizo un gesto con la cabeza señalando a dos chicas, que debían tener la edad de Barrie, que pasaban corriendo por la playa frente a ellos.

Barrie se mordió el labio, vacilante, y se giró hacia la playa.

—Barrie —dijo con una voz suave y profunda. Ella se volvió a mirarlo—. Quítatelo.

Dawson la hipnotizó con una oleada de deseos prohibidos. Con la mano temblorosa desató el nudo de la nuca. Luego abrió el cierre de la espalda. Le miró a los ojos, y se estremeció con una sensación que nunca había sentido, sonrojándose por lo que estaba haciendo. Y dejó caer el bikini.

Cinco años después, podía recordar perfectamente el brillo de la mirada de Dawson, cómo contuvo la respiración. Los pechos de Barrie eran tan firmes y llenos, de color rosado, con los pezones de un color rosado más oscuro, que se erizaron al sentir la mirada de Dawson.

Inesperadamente, Dawson la miró a los ojos. Cualquier cosa que viera en ellos, debió decirle lo que quería saber, porque profirió un grave gemido y se puso en pie. Pareció vibrar con alguna violenta emoción. De repente se inclinó, la tomó por debajo de las rodillas y por la espalda y la levantó de la arena. La miró a los ojos y de un modo lento y exquisito la atrajo hacia sí, de modo que sus senos se apoyaron sobre el vello de su pecho. Dawson tenía la piel fresca por la brisa, mientras ella la tenía caliente, debido a las sensaciones que se habían despertado en su cuerpo virginal. Aunque se había puesto muy rígida al contacto con el cuerpo de Dawson.

—Nadie nos mira —dijo él—. A nadie le importa. Abrázame.

El deseo que ella sentía era abrumador. Olvidó la timidez y le obedeció, arqueando su cuerpo contra el de Dawson. Hundió el rostro en su cuello, absorbiendo el aroma de su piel, sintiendo el precipitado pulso de su corazón contra sus pechos desnudos. Dawson la abrazó con más fuerza y comenzó a caminar hacia el agua sin soltarla.

—¿Por qué vamos al agua? —le preguntó ella.

—Porque estoy tan excitado que se nota demasiado —dijo Dawson medio enfadado—. La única forma de escapar está en el mar. ¿No lo sientes tú también, Barrie? Un deseo que te quema el vientre, un vacío que hace falta llenar, un dolor que hay que calmar.

Barrie lo abrazó y gimió suavemente.

—Sí, lo sientes —dijo Dawson respirando fatigosamente y metiéndose en el mar.

Nada más entrar en el agua la besó en la boca. Cinco años después, Barrie podía recordar el contacto de aquellos labios, pero no recordaba en absoluto el contacto con el agua fría del mar. No había nada en la vida como el sabor de la ardiente y dulce boca de Dawson, nada más que el contacto de sus fuertes brazos y de su pecho.

Vagamente, se dio cuenta de que estaban en el agua. Dawson la soltó, para abrazarla de un modo más íntimo. Enredó en ella sus largas piernas, y, por primera vez, ella sintió la intensidad de su deseo. Se besaron una y otra vez, metidos en el mar, ajenos al mundo, a los hoteles que estaban al borde de la playa, a los nadadores, al rumor del agua.

Dawson le tomó un pecho, lo acarició y se lo llevó a la boca. Con la otra mano la levantó y la hizo descender sobre su sexo. Barrie estuvo a punto de perder la conciencia al sentir la oleada de placer que invadió su cuerpo.

Se quedó dormida con los recuerdos de aquella tarde. Desgraciadamente aquellos dulces recuerdos se mezclaban con otros mucho más oscuros. Después de aquello Dawson recuperó el control sobre sí mismo y la dejó sola en el mar mientras ella trataba de recuperarse de sus febriles abrazos. Pero durante la cena, delante de George, Dawson la había dirigido unas miradas que la intimidaban. Recordando el modo en que le había sonreído, acentuando su deseo, temblaba de temor. Ella había llegado a creer que se había enamorado de ella y trataba de demostrarle como podía que ella también estaba enamorada de él. Pero no podía saber cómo interpretaría él su tímido flirteo.

Pero todo se aclaró aquella noche. Dawson entró en su habitación por el balcón. Vestía una bata y no llevaba nada debajo. Se acercó a la cama y retiró la sábana de un tirón. Barrie, debido al calor, sólo llevaba unas braguitas. Sintió deseo nada más verlo, y ni siquiera el temor y la palidez de su rostro podían ocultarle a un hombre de la experiencia de Dawson el ardor de su cuerpo.

—¿Me deseas, Barrie? —susurró Dawson dejando caer la bata y metiéndose en la cama—. Vamos a ver qué significan esas miradas que me has estado dirigiendo toda la noche.

Barrie no tuvo la presencia de ánimo para explicarle que no había estado coqueteando con él. Quería decirle que lo amaba, que él era su vida entera. Pero al sentir sus caricias se olvidó de todo. Y luego le susurró cosas al oído, le besó los pechos y le hizo el amor como si fuera algún duende de la noche.

Si ella hubiera sido la mujer experimentada que él creía que era, aquella habría sido una noche para recordar. Pero ella era virgen y él había perdido el control. Recordaba cómo se había estremecido al sentir cómo la tomaba por las caderas para penetrarla, el grito de placer de Dawson, que se confundió con su grito de dolor. El cuerpo de Dawson fue tan insistente como su boca, hasta que finalmente se arqueó, como si sufriera un tormento invisible que agitara su cuerpo en oleadas de éxtasis, hasta que se convulsionó, llevado por gemidos y apretó las manos sobre sus caderas hasta hacerle daño.

Barrie se encogió sobre sí misma y lloró. Dawson se levantó y se puso la bata. La miró, aunque ella no pudo ver sus ojos. A Barrie no le gustaba recordar lo que le había dicho en aquella ocasión. El tono de sus palabras fue tan brutal como había sido el empuje de su cuerpo. Barrie fue tan inocente que no pensó que lo que a él le molestaba era precisamente su inocencia, porque le llenaba de un gran sentimiento de culpa. De haberla amado, todo habría sido distinto.

En la oscuridad de su sueño, cinco años después, Dawson se convirtió en un ave de rapiña, que le hacía daño, mucho daño...

Barrie no se dio cuenta, pero prefirió un grito. Oyó que la puerta se abría y se cerraba, y sintió la luz sobre los párpados. Luego alguien la sacudió.

—¡Barrie, Barrie!

Se despertó con un sobresalto y vio sobre ella el rostro de Dawson. Llevaba una bata, como aquella noche. Tenía el pelo mojado y su mente la engañó, llevándola a la noche que había tenido lugar en Francia.

—¡No me hagas daño... no me hagas daño! —dijo entre sollozos.

Dawson no respondió. No pudo. El terror en la mirada de Barrie le conmovió hasta las raíces del alma.

—Dios mío —suspiró.

Capítulo Cuatro

BARRIE vio el gesto de sufrimiento de Dawson y poco a poco volvió en sí. Se fijó en la habitación, iluminada por la luz de una lámpara.

—No estamos... en Francia —dijo con un nudo en la garganta y cerró los ojos—. Oh, Dios mío, gracias. Gracias a Dios.

Dawson se levantó de la cama y se acercó a la ventana. Apartó la cortina y miró hacia la oscuridad. En realidad tenía la mirada perdida. Veía el pasado, el horror en los ojos de Barrie, el dolor que le había causado.

Barrie se sentó. Se fijó en la mano de Dawson que apretaba con fuerza la cortina, con tanta fuerza que estaba pálida. Parecía exhausto, derrotado.

Barrie tragó saliva. Se llevó las manos a la cara y se acarició las mejillas, luego apartó hacia atrás el pelo que le caía enredado sobre los pechos. Llevaba un camisón de algodón que la cubría por completo, excepto los brazos y el cuello. Ya nunca dormía sólo con las braguitas, ni siquiera en verano.

—No sabía que todavía tuvieras pesadillas —dijo Dawson después de un largo silencio.

Su voz era apagada, no tenía la más mínima expresión.

—No suelo tenerlas —respondió Barrie. No podía decirle que la mayoría de ellas terminaban cuando ella perdía al niño y gritaba pidiéndole ayuda a él. Gracias a Dios, aquella noche la pesadilla no había terminado así. Barrie no se creía capaz de soportar que él supiera toda la verdad.

Dawson se apartó de la ventana y volvió junto a la cama, aunque se quedó a unos pasos de ella. Tenía los puños apretados, metidos en los bolsillos de la bata.

—Si volviera a ocurrir, no sería así —dijo con la voz crispada.

En el rostro de Barrie se dibujó una expresión de miedo, ante la idea que él había sugerido de que iba a seducirla de nuevo. Al darse cuenta, Dawson se enfureció, pero logró controlarse.

—No quiero decir que sea conmigo —dijo apartando la mirada de Barrie—. No me refería a eso.

Barrie se abrazó las rodillas. El ruido de la ropa al rozar las sábanas se hizo presente en el silencio de la noche. Barrie miró a Dawson y los recuerdos comenzaron a desvanecerse. Si ella estaba sufriendo, también estaba sufriendo él.

—¿Nunca has vuelto a tener curiosidad,

por el amor de Dios? —dijo él cuando ya no pudo soportar el silencio—. Eres una mujer, debes tener amigas. Alguien tiene que haberte dicho que las primeras veces suelen ser un desastre.

Barrie se acarició las manos y su cuerpo se estremeció con un largo suspiro.

—No puedo hablar de ello con nadie —dijo—. Antonia es mi mejor amiga, pero ¿cómo voy a decírselo si nos conoce a los dos desde hace años?

Dawson asintió.

—Eras virgen y necesitabas tiempo para excitarte, sobre todo conmigo, pero yo perdí el control demasiado pronto —dijo y la miró a los ojos—. Y eso era nuevo para mí. Hasta que estuve contigo nunca me había acostado con una mujer que me hiciera perder el control de aquella manera.

Barrie agachó la mirada, suponía que aquello era un cumplido.

—Aquella noche nos hicimos daño los dos —dijo Dawson con suavidad—. Hasta que te hice el amor pensé que eras una mujer con experiencia, Barrie, que en la playa estabas flirteando y que buscabas que yo te dijera algo incitante para quitarte el bikini.

Al oír aquella frase, Barrie tuvo que mirarlo a los ojos.

—¡Pero yo nunca habría hecho algo así!
—dijo.

—Y yo me di cuenta de la peor manera posible —replicó Dawson—. También puede que yo pensara así porque buscaba una excusa para acostarme contigo. Te deseaba y me convencí de que tendrías que haber tenido relaciones con chicos de tu edad, que aquella tarde estabas fingiendo toda aquella timidez. Pero no tardé en comprender porqué no te opusiste. Me querías.

Dawson se sentó en la cama, tomó la cabeza de Barrie con suavidad y le obligó a mirarlo.

—El sentido de culpa puede conducir a un hombre a la violencia, Barrie —dijo con una voz suave y profunda—. Sobre todo cuando ha hecho algo imperdonable y sabe que nunca encontrará el perdón. Me burlaba de ti porque no podía vivir con el peso de lo que te hice. Ahora no tiene sentido, pero entonces echarte a ti la culpa era lo único que me impidió pegarme un tiro.

Barrie guardó silencio. No dejaba de mirarlo, tratando de comprenderle.

—No pude parar —prosiguió Dawson con un suspiro—. Dios, Barrie, lo intenté, lo intenté, pero no pude... —dijo y agachó la cabeza, derrotado—. Durante meses tuve pesadillas en las que oía tu voz. Sabía que te estaba haciendo daño, pero no pude parar.

Barrie no podía entender que se pudiera llegar a sentir un deseo tan intenso, un placer tan ciego que no dejaba sitio a la compasión. Ella nunca lo había sentido, aunque cuando él la había besado en el mar ella misma había sentido un gran deseo.

—Yo también te deseaba.

Dawson la miró a los ojos.

—No lo entiendes, ¿verdad? —le preguntó con ternura—. Nunca has sentido un deseo así. El único conocimiento que has tenido de la intimidad está impregnado por el dolor.

—Yo no sabía que tuviste pesadillas —dijo Barrie.

—Todavía las tengo —dijo él con una fría sonrisa—. Como tú.

—¿Por que fuiste a mi habitación aquella noche?

Dawson apoyó un brazo en la cama, junto al cuerpo de Barrie, para sentarse frente a ella.

—Porque te deseaba tanto que habría matado para poder tenerte —dijo entre dientes.

La violencia soterrada de aquella frase sorprendió a Barrie. Quizás, aunque de un modo inconsciente, sí podía comprender lo mucho que Dawson la deseó aquella noche.

—Te deseaba tanto —prosiguió Dawson—, que casi me puse enfermo. Fui porque no podía evitarlo. Poco importa que cinco años después te diga que lo siento mucho.

—¿Lo sientes? —le preguntó Barrie con tristeza.

—Lo siento, y me duele y me pesa —dijo sin pestañear—. Siento lo mismo que tú. Pero hay algo más, aparte del dolor que sufriste...

Dawson se interrumpió. No respiraba siquiera.

—Nunca me dijiste —prosiguió—, que te quedaste embarazada. Y que algunas semanas más tarde perdiste al niño. ¿Creías que no iba a saberlo algún día? —concluyó. Una oscura pena se reflejaba en el fondo de sus ojos, sobre todo al ver la emoción en el rostro de Barrie.

El corazón de Barrie comenzó a latir muy deprisa.

—Yo... ¿cómo lo has sabido? ¡Ni siquiera se lo he dicho a Antonia!

—¿Recuerdas el médico que te atendió en la sala de urgencias?

—Sí, Richard Dean. Fue al colegio contigo, pero me dijo que apenas te conocía. Además, es médico, hizo juramento de no hablar de sus pacientes...

Me encontré con él hace un par de semanas. Creyó que yo lo sabía, después de todo eres mi hermanastra. Suponía que me lo habías contado.

Barrie se mordió el labio inferior y miró a Dawson con preocupación. Dawson le tocó el labio con la punta del dedo.

—No te muerdas —dijo con suavidad.

—Algunas veces me olvido —murmuró Barrie.

—Me dijo que lo habías pasado muy mal —dijo Dawson en voz baja—. Que llorabas tanto que tuvieron que darte un calmante. Me dijo que querías al niño desesperadamente.

Barrie bajó los ojos.

—Hace mucho tiempo de eso —dijo.

Dawson dejó escapar un suspiro.

—Sí, y ya has sufrido bastante. Pero yo acabo de empezar a hacerlo. No sabía nada hasta que Richard me lo dijo. Ha sido un poco duro, perder a un niño que ni siquiera sabía que había ayudado a crear.

Dawson no la miraba a los ojos, pero Barrie podía ver su expresión de pena. Excepto cuando murió el padre de Dawson, era la primera vez que compartían la tristeza. Pero en aquella ocasión sólo habían cruzado unas palabras, porque después de la noche de la Riviera ella no podía soportar estar cerca de él.

—¿Me lo habrías dicho? —preguntó Dawson sin mirarla.

—No estoy segura. No tenía mucho sentido. Tú no sabías nada y pensaba que preferías no saberlo.

Dawson tomó la mano de Barrie entre las suyas.

—Cuando Richard me lo contó, me emborraché y no dejé de beber en tres días —dijo al cabo de un largo silencio—. Me dijo que le dijiste a una enfermera que me llamara.

—Sí, en un momento de locura.

—Yo no sabía que era una enfermera. Mencionó tu nombre y antes de que pudiera decirme por qué llamaba, colgué —dijo Dawson y se llevó la mano de Barrie a los labios y la besó.

Barrie se dio cuenta de que Dawson tenía lágrimas en los ojos y se sobresaltó.

Como si su orgullo no soportara que Barrie viera aquella muestra de debilidad, Dawson soltó su mano y se puso en pie. Se dirigió de nuevo hacia la ventana y no habló durante un largo rato.

—Richard me dijo que era un niño.

Barrie apoyó la cabeza entre las rodillas.

—Por favor —dijo con un susurro entre sollozos—, no puedo hablar de ello.

Dawson volvió a acercarse a la cama. Apartó las sábanas, se sentó y tomó a Barrie entre sus brazos. Se abrazó a ella y apoyó la cara contra la suave garganta de Barrie.

—Yo te cuidaré —susurró—. No tengas

miedo, nada volverá a hacerte daño. Llora por él, Dios sabe cuánto he llorado yo.

La ternura de sus palabras abrió la compuerta que contenías las lágrimas que Barrie escondía, y por primera vez desde que estuvo en el hospital, dio rienda suelta a su dolor. Lloró por el hijo que había perdido, por su dolor y por el de Dawson. Lloró por todos los años que había perdido, que había pasado sola.

Tiempo después, Dawson le secó las lágrimas con la sábana. La sostenía entre sus brazos, con ternura y sin pasión. Barrie sentía en la mejilla los latidos del corazón de Dawson, bajo la suave tela de la bata. Abrió los ojos y miró hacia la ventana. El dolor se evaporaba de su cuerpo con el sabor a sal de las lágrimas.

—Es muy tarde —dijo Dawson por fin—. La señora Holton llega a primera hora de la mañana y necesitas dormir.

Barrie se estiró. Estaba muy cansada. Miró a Dawson, que tenía una mirada tranquila y atenta. Sin embargo, involuntariamente, Dawson desvió la mirada y se fijó en los senos de Barrie, bajo la tela del camisón. Años después, seguía recordando la belleza de su cuerpo.

Barrie se dio cuenta de aquella mirada, pero no se movió.

—¿No vas a huir? —le preguntó Dawson con una sonrisa.

Barrie negó con la cabeza y le miró a los ojos. Luego le tomó la mano, que seguía apoyada en su cintura. La acarició y la llevó a lo largo de su costado, para acabar posándola suavemente sobre uno de sus pechos.

—No —dijo volviendo a poner la mano sobre la cintura de Barrie—. No seas tonta.

Barrie se sintió insegura, pero se dio cuenta de que una película de sudor cubría el labio superior de Dawson. Estaba más conmovido de lo que parecía.

—No hagas que sienta vergüenza. Es muy duro para mí pensar en esto, mucho más... hacerlo —dijo Barrie—. Sólo quería saber si podía soportar que me tocaras.

Barrie sonrió después de decir aquello, y Dawson abandonó su aparente frialdad.

—No puedo correr ese riesgo, incluso aunque tú lo estés deseando —dijo apartándose de ella.

—¿Qué riesgo?

—¿No lo sabes? Es mejor que no sepas si aún puedo desearte del mismo modo que entonces —dijo Dawson, y se rió—. Y yo tampoco estoy seguro de si quiero saberlo.

Dawson la tomó y la dejó suavemente sobre la almohada. Luego se levantó y se apartó de la cama.

—Duérmete.

—¿Y si puedes... desearme? —insistió Barrie apoyándose en los codos.

—Barrie los dos sabemos que gritarías si te toco con deseo —dijo—. No podrías evitarlo. Además, si yo pudiera sentir algo contigo, volvería a ser de aquella forma. Podría volver a perder la cabeza y hacerte daño.

—Ya no soy virgen.

Dawson conservó una expresión tranquila.

—Eso es algo discutible. Mi cuerpo está muerto, en lo que al sexo se refiere. Para bien de los dos, lo mejor es que lo dejemos tranquilo. Es demasiado pronto para hacer experimentos.

Antes de que Barrie pudiera responder, Dawson alcanzó la puerta y la cerró. Barrie se tumbó sobre la cama, dándole vueltas a las palabras de Dawson.

Dawson sabía por fin que habían perdido al niño. No sabía si estar alegre o triste, pero al menos ya no tenía nada que ocultarle. Dawson lamentaba la pérdida del niño al menos tanto como ella. Pero él no tenía nada que darle, aunque aún así le seguía queriendo. Era un conflicto que no tenía fácil solución. Además, a la mañana siguiente tendrían que hacer frente a un nuevo problema. Se preguntaba cómo reaccionaría al conocer a la señora Holton. Al menos estaba segura de que sería un encuentro muy interesante.

Leslie Holton apareció a la mañana siguiente como un tornado, al volante de un Jaguar negro metalizado. Barrie, que la observaba detrás de las cortinas del salón, pensó que aquel coche le iba muy bien. La señora Holton tenía un aspecto elegante y peligroso, y transmitía tanta energía como su coche. Llevaba un traje de chaqueta blanco y negro que daba a su piel un tono muy pálido, también acentuado por su cabello negro, peinado de un modo muy agresivo.

Barrie fue al vestíbulo, donde encontró a Dawson, que acababa de salir de su despacho. Dawson tenía unas visibles ojeras y el aspecto de no haber dormido en toda la noche.

Barrie se acercó a él. La noche anterior había logrado tranquilizar alguno de sus viejos miedos. Su conversación había cambiado las cosas de algún modo sutil.

—No has dormido —le dijo con ternura.

Dawson endureció la expresión de su rostro.

—No tientes a la suerte —dijo.

—¿Qué?

—No me mires así, porque no sé qué podría hacer.

Barrie sonrió.

—¿Qué podrías hacer?

—¿Quieres verlo? —dijo Dawson y se movió hacia ella. La tomó y la apretó contra su pecho mirándola fijamente a los ojos.

Barrie le echó los brazos al cuello y lo miró con atención. Saber que también había deseado tener aquel niño había cambiado su opinión de él. Aunque todavía seguía teniéndole algún miedo, el recuerdo del sufrimiento reflejado en su rostro la noche anterior, le ayudaba a superarlo.

—¿Pero es que nadie ha oído el timbre? —dijo Corlie viniendo de la cocina, pero al ver a Barrie en brazos de Dawson añadió—: Vaya, perdón.

Barrie iba a decirle algo mientras Corlie se dirigía a la puerta, pero Dawson la detuvo.

—No la desilusiones —le susurró.

El tono con que lo dijo, despertó la curiosidad de Barrie. Y mucho más su mirada, que se posaba en sus labios.

—Si quieres besarme, puedes hacerlo —le dijo—. No voy a gritar.

—Qué joven más descarada —dijo Dawson sin dejar de mirar su boca y abrazándola más fuerte.

Barrie contuvo la respiración, previendo el deseo que ya podía sentir...

—¡Dawson! —gritó la señora Holton

cuando entró.

Se separaron. Dawson miró a la recién llegada, aunque por un segundo le costó reconocerla.

—Leslie —dijo—, bienvenida a White Ridge.

—Hola Dawson —dijo la señora Holton con indignación—. Dios mío, ¿es ésa tu hermanastra?

—Era mi hermanastra —replicó Dawson con frialdad—. Ayer se convirtió en mi prometida.

—Oh —exclamó Leslie mirando a Barrie, que la miraba sonriendo—. Me alegro de conocerla, señorita Rutherford.

—Bell —corrigió Barrie tendiéndole la mano—. Barrie Bell.

—No me lo esperaba —dijo la señora Holton mirando a Dawson con una sonrisa felina—. Ha sido de repente, ¿verdad? De hecho, recuerdo haber oído que no os hablabais entre vosotros. ¿Cuándo han cambiado las cosas?

—Ayer —dijo Dawson imperturbable—. Sí, fue de repente. Como un flechazo.

Las últimas palabras las pronunció mirando la boca de Barrie, que contuvo el aliento.

Leslie Holton no estaba ciega, pero era una mujer decidida.

—¿Y todavía quieres discutir, hum, la compra de esas tierras que tengo cerca de Bighorn? —preguntó con una sonrisa calculadora.

—Por supuesto —replicó Dawson—. Ése era el propósito de tu visita, ¿no?

—Bueno, sí, entre otras cosas. Espero que me enseñes el rancho, me interesa mucho la ganadería.

—A Barrie y a mí nos encantará, ¿verdad, cariño? —dijo con una mirada que estremeció a Barrie de la cabeza a los pies.

—Claro —dijo sonriendo a la señora Holton.

—Corlie te llevará a tu habitación y Rodge te subirá el equipaje. Vuelvo enseguida —dijo Dawson, y fue a llamar a Rodge por el teléfono interior.

—Eres profesora, ¿verdad? —le preguntó a Barrie la señora Holton—. Así que debes estar de vacaciones.

—Sí, soy profesora. ¿Tú qué haces?

—¿Yo? Querida, yo soy rica —dijo Leslie con desdén—. No tengo que trabajar para vivir. Y tú tampoco tendrás que hacerlo cuando te cases con Dawson. ¿Por eso te casas con él?

—Por supuesto —dijo Barrie maliciosamente, luego miró a Dawson, que salía del estudio—. Dawson, ¿verdad que sabes que me caso contigo sólo por dinero?

Dawson soltó una carcajada.

—Claro —dijo.

Leslie se quedó algo confusa. Miraba a uno y a otro.

—Sois una pareja un poco rara —dijo.

—No sabes cuánto —murmuró Barrie.

—Bueno, si no os importa, voy arriba a descansar unos minutos. El viaje ha sido muy cansado —dijo Leslie. Comenzó a alejarse y se detuvo frente a Dawson, sonriéndole de un modo muy seductor—. Puede que me dé un baño caliente. Si quieres frotarme la espalda, serás bienvenido.

Dawson se limitó a sonreír.

Leslie frunció el ceño, miró a Barrie con irritación y subió las escaleras tras una impaciente Corlie.

Barrie se acercó a Dawson.

—¿Hay agua caliente o seguís sin encender la caldera cuando llega la primavera?

—Hay depósitos de agua caliente. Y un *jacuzzi* en todos los baños —dijo Dawson, y luego añadió mirándola a los ojos—. En uno de ellos caben dos personas.

Barrie se imaginó que estaba junto a él, desnudos los dos, y se puso muy pálida. Se apartó de él sin hacer el menor movimiento.

—Perdona, ha sido un poco grosero —dijo Dawson.

Barrie suspiró.

—Todavía estamos empezando.

—Acabamos de empezar —dijo Dawson apartándole el pelo de la cara—. Has dejado que te bese. ¿Has fingido sólo para que lo viera Leslie?

—No soy tan buena actriz.

—Yo tampoco —dijo Dawson mirando los labios de Barrie—. Si avanzamos poco a poco puede que descubramos que las cosas vuelven a su sitio poco a poco.

—¿Qué cosas?

Dawson le tocó la punta de la nariz con el dedo.

—Puede que logremos cerrar las heridas.

—No sé si podré —dijo Barrie con preocupación.

—Pues ya somos dos —dijo Dawson.

—Lo siento.

Dawson suspiró.

—Poco a poco —dijo.

—De acuerdo.

Aquella tarde salieron a montar a caballo con Leslie Holton. Leslie era una gran amazona, ligera y audaz. En el rancho se sentía como en su propia casa. De no estar coqueteando continuamente con Dawson, Barrie habría disfrutado mucho de su compañía.

Pero a Leslie le gustaba mucho Dawson y su repentino compromiso la parecía muy extraño, sobre todo conociendo el hecho de que Dawson solía evitar la compañía de las mujeres. Podría ocurrir, pensaba, que Barrie le estaba ayudando a ocultar algo, y si era así, dedicaría cada minuto de su tiempo a desenmascararlos. Se propuso descubrir si Dawson era tan frío como decían. Y debía conseguirlo antes de abandonar el rancho.

Capítulo Cinco

IGNORANTE de los planes de Leslie Holton, Barrie trataba de concentrarse en lo que Dawson les estaba contando sobre la historia de la zona que atravesaban. Pero no podía apartar los ojos de él. Se fijaba en su orgulloso modo de cabalgar, ceñido al caballo como si formara parte de él.

Dawson se dio cuenta de que Barrie le estaba mirando y le dirigió una sonrisa. A ella le dio un vuelco el corazón. Dawson nunca se había comportado así desde que se conocían, y estaba segura de que no estaba fingiendo. Cuánta ternura había en sus ojos y ya no había el menor asomo de burla en sus palabras. Ella había cambiado, pero él también.

Además, entre ellos había una atracción que tenía sus raíces en el pasado. Sin embargo, ella seguía temiendo los momentos de intimidad. Una cosa era besarlo y tomarle las manos, otra muy distinta pensar en irse a la cama con él, después de su dolorosa experiencia.

Dawson se dio cuenta de la expresión de temor que cruzó la mirada de Barrie, y la entendió sin necesidad de que mediara palabra.

Dejó que Leslie cabalgara en cabeza y se retrasó para ponerse junto a Barrie.

—No pienses en ello —le dijo—. No hay prisa. Date tiempo.

Barrie suspiró.

—¿Leyéndome el pensamiento? —preguntó.

—No es tan difícil.

—El tiempo no va a ayudarme —dijo Barrie tristemente—. Todavía tengo miedo.

—Dios mío ¿y de qué tienes miedo? ¿No oíste lo que te dije? Hablaba en serio. No puedo, Barrie, no puedo.

Barrie lo miró a los ojos.

—No puedes con otras mujeres.

—Tampoco contigo —murmuró Dawson—. ¿No crees que después de anoche lo sabría?

Barrie miró hacia adelante, hacia donde cabalgaba Leslie.

—Anoche te estabas conteniendo —dijo.

—Sí. Acababas de tener una pesadilla y estabas muerta de miedo. Yo no quería empeorar las cosas. Pero esta mañana... —dijo desviando la mirada hacia el horizonte. Suspiró. Le costaba admitir que ni siquiera el ardiente beso que le había dado a Barrie aquella mañana había logrado excitarle.

Barrie guardó silencio. Miró a su alrede-dor, observando los árboles. La primavera era su estación favorita. En Wyoming llegaba más tarde que en Arizona, pero en mayo, la temperatura era similar en ambos sitios. Más evidente que el sabor de la primavera, sin embargo, era la irritante mirada que les dirigía Leslie Holton.

—No se está creyendo nada —le dijo a Dawson—. Sabe que estamos fingiendo.

—¿Y no estamos fingiendo? —le preguntó Dawson con una amarga carcajada.

Al cabo de unos instantes de permanecer en silencio, Dawson se giró sobre su silla. El cuero crujió.

—Supón que lo intentamos de verdad.

Barrie lo miró interrogativamente.

—¿Intentar qué?

—Lo que me sugeriste anoche. ¿O es que ya te has olvidado de dónde pusiste mi mano? —dijo Dawson con franqueza.

—¡Dawson!

—Deberías sorprenderte. Es como yo es-taba anoche.

—Eso es verdad —replicó Barrie—. ¡Mira que fingir que era la primera vez que una mujer te ofrecía algo así!

Dawson sonrió. Hacía mucho tiempo que no se reía de la falta de interés de su cuerpo por las mujeres.

—No puedo —dijo y dobló la rodilla sobre el pomo de la silla. Se apoyó en ella y observó a Barrie. Llevaba vaqueros y una camiseta, como él, y el pelo recogido en una coleta.

—No te pones ropa muy provocativa, ¿eh?

Barrie se encogió de hombros.

—Los hombres se acercan a mí continuamente, y yo no quiero ninguna clase de relación física con ellos. Así que me pongo ropas que oculten mi cuerpo y hablo de lo mucho que a mi familia le gustaría verme casada y con muchos hijos. Te quedarías asombrado de lo deprisa que encuentran excusas para dejar de verme.

Dawson sonrió.

—Supón que un día un hombre te atrae.

—Eso no ha ocurrido todavía.

—¿No?

Barrie se dio cuenta de lo que Dawson quería decir y se sonrojó.

—Supongo que ni siquiera me he molestado en decirte que nunca he visto un cuerpo más perfecto que el tuyo; desnuda, podrías competir con la Venus de Milo... y hasta creo que ella se sentiría celosa.

Su relación había cambiado tanto en los dos días anteriores, que Barrie no sabía si aquello era un cumplido o una burla.

—Lo digo en serio —dijo Dawson, para

91

que no quedara la menor duda—. Y si yo fuera el hombre que era hace cinco años, te haría falta poner una cerradura de seguridad en la puerta de tu habitación.

Barrie lo miró a los ojos.

—Supongo que te habrán dicho que tu problema puede ser mental y no físico —dijo.

—Claro, ya sé que es mental. El caso es cómo curarlo —dijo Dawson, y añadió—: Y me parece que a ti te pasa algo parecido.

Barrie se encogió de hombros.

—Sí, y también es mental.

—Sí, ya lo sé.

Barrie agachó la mirada.

—La solución más obvia es…

Dawson volvió a poner el pie en el estribo y se sentó muy rígido sobre la silla.

—No puedo —dijo.

—No estaba haciendo una proposición —replicó Barrie y luego miró a la señora Holton, que después de alejarse unos metros comenzó a volver junto a ellos—. Seguro que ella sí te lo propone en cuanto vea la oportunidad.

—Puede que lo mejor sea dejar que lo intente —dijo Dawson con cinismo—. Probablemente sabe trucos que yo ni siquiera imagino.

—¡Dawson!

—¿Estás celosa?

—Pues… no lo sé. Tal vez —dijo Barrie

moviéndose sobre la silla—. Ojalá pudiera darte la misma medicina, pero para eso tendrías que emborracharme —dijo soltando una carcajada. Luego añadió—: Nunca te lo perdonaría si lo hicieras.

—¿Hacer qué? ¿Emborracharte?

—¡No! Acostarte con ella.

Dawson iba a responder cuando Leslie se puso a su altura.

—¿No vais a acompañarme? —preguntó—. Es aburrido explorar un rancho tan grande sola.

—Perdona —dijo Dawson—, estábamos discutiendo los planes de la boda.

—Yo también tengo algún plan —dijo Leslie—. ¿Os gustaría oírlo?

Barrie se retrasó un poco y los observó. Pero Dawson se puso junto a ella inmediatamente. La expresión de sus ojos la dejó perpleja. Con reticencia mantuvo el paso junto a él y, para irritación de Leslie, se dirigieron todos juntos de vuelta a casa.

Pensó que Dawson olvidaría lo que le había dicho antes de que Leslie les interrumpiera, pero no lo hizo. Cuando Leslie subió a cambiarse para cenar, él la agarró y la llevó hasta su estudio, que tenía un ventanal con vistas al río.

Cerró la puerta con cerrojo.

Barrie se quedó junto a la mesa que estaba al lado de la ventana y lo miró con cautela.

—Supongo que quieres hablar conmigo —le dijo.

—Entre otras cosas —dijo sentándose en el borde de la mesa y cruzándose de brazos—. Esta mañana me has devuelto el beso y no lo has hecho pensando en que Leslie estuviera mirando. Has enterrado todo lo que sentías por mí, pero sigue ahí. Quiero que vuelvas a sentirlo otra vez.

Barrie se miró las manos, que tenía apoyadas en el regazo. A pesar de todo lo que había ocurrido, seguía amando a Dawson. Pero los recuerdos eran demasiado dolorosos, demasiado reales. No podía olvidarse de los años de relaciones tensas, llenas de sarcasmo y palabras crueles.

No sabía qué le ofrecía Dawson, aparte de que volvieran a intentar una relación física. No había dicho nada de que la quisiera, aunque sabía que lamentaba la pérdida del niño. Podría ser que cuando ese dolor, tan reciente para él, hubiera pasado, descubriera que sólo sentía pena por ella. Y ella deseaba mucho más que eso.

—¿Y bien? —preguntó Dawson con impaciencia.

Barrie lo miró a los ojos.

—Acepté fingir que soy tu prometida —dijo Barrie manteniendo la tranquilidad—, pero no quiero quedarme a vivir en Sheridan el resto de mi vida ni dejar el puesto de trabajo que me han ofrecido en Tucson.

Dawson iba a decir algo, pero Barrie le interrumpió con un ademán.

—Sé que eres muy rico, Dawson —prosiguió—, y sé que podría tener todo cuanto quisiera, pero estoy acostumbrada a trazar mi propio camino y no quiero depender de ti.

—También en Sheridan hay colegios.

—Sí. En Sheridan hay buenos colegios y sé que podría conseguir trabajo en alguno de ellos, pero conocen mi relación contigo y nunca sabría si consigo el trabajo por mis méritos o gracias a ti.

—¿No sientes nada por mí? —le preguntó.

Barrie se quedó mirando la sortija de esmeralda.

—Me importas mucho, por supuesto, y siempre me importarás, pero el matrimonio es más de lo que puedo ofrecerte.

Dawson se levantó de la mesa y fue hasta la ventana.

—Me echas la culpa de lo del niño, ¿verdad?

—No le echo la culpa a nadie. Fue algo impredecible.

Dawson levantó la cabeza. Tenía el pelo de la

nuca más largo que de costumbre y con algunas ondas. No podía evitar mirarlo con afecto. No había nada que deseara más que vivir con aquel hombre y amarlo, pero lo que él estaba ofreciendo no era más que una relación vacía. Quizá cuando se hubiera librado de su sentido de culpa volviera a ser capaz de acostarse con una mujer. Barrie sabía que aquel problema era sólo temporal, causado por el descubrimiento inesperado de que había perdido un hijo sin siquiera saberlo. Pero el matrimonio no era la respuesta a sus problemas.

—Podemos ir a un médico —dijo Dawson al cabo de un largo silencio—. Puede que encuentren una solución para mi impotencia y para tus miedos.

—No creo que necesites un médico para resolver tu problema —dijo Barrie—. Sólo lo tienes porque te sientes culpable por lo del niño…

Dawson se dio la vuelta. Le brillaban los ojos.

—¡Hace cinco años no sabía lo del niño!

Barrie se le quedó mirando por unos instantes, hasta que finalmente comprendió lo que aquello significaba.

—¡Cinco años! —exclamó.

—¿Pero es que no te dabas cuenta de lo que quiere decir? —dijo Dawson mirándola a los ojos.

—No tenía ni idea —replicó Barrie y luego volvió a exclamar—: ¡Cinco años!

De repente, Dawson se sintió muy violento. Se dio la vuelta y volvió a mirar por la ventana.

Barrie no podía encontrar palabras adecuadas para aquel momento. Nunca se le había ocurrido que un hombre pudiera pasarse cinco años sin sexo. Barrie decidió que lo mejor era acercarse a él y decir algo, cualquier cosa.

—No tenía ni idea —le repitió.

Dawson tenía las manos entrelazadas por detrás de la espalda y miraba hacia el horizonte sin la menor expresión en su rostro.

—No deseaba a nadie —dijo por fin—. Y cuando averigüé lo que le había pasado al niño me quedé destrozado. Y sí, también me sentía culpable. Una de las razones por las que te pedí que volvieras era porque quería compartir mi pena contigo, porque sabía que tú también la sentías y que nunca habías podido compartirla con nadie.

Después de decir aquellas palabras se dio la vuelta y la miró.

—Puede que también tuviera esperanzas de volver a sentir algo por ti. Deseo volver a ser un hombre completo otra vez, Barrie, pero incluso eso ha fallado —dijo volviendo a mirar por la ventana—. Quédate hasta que se vaya Leslie. Ayúdame a conservar el poco orgullo que me queda. Luego te dejaré marchar.

Barrie no sabía qué decirle. Era evidente que estaba deshecho. Y ella también lo estaba. Después de estar cinco años sin una mujer, Barrie sólo podía hacerse una pequeña idea de lo maltrecho que estaba su orgullo. Pero no podía consolarlo, porque ella misma tenía conciencia de cuánto había sufrido su propia dignidad.

—Todo habría sido distinto si no hubiéramos pasado aquel verano en Francia —dijo Barrie ausente.

—¿Tú crees? Tarde o temprano habría ocurrido lo mismo, en cualquier parte —dijo Dawson.

—Me quedaré hasta que se vaya la viuda. Pero ¿qué ocurrirá con esas tierras? No creo que tenga intención de venderlas.

—La tendrá cuando le haga una oferta. Sé que Powell Long no dispone de dinero en efectivo debido a unas inversiones que tuvo que hacer en su rancho, así que no podrá mejorar mi oferta. Y Leslie no puede esperar a que alguien le ofrezca algo mejor.

Aquella explicación despertó la curiosidad de Barrie.

—Entonces, si sabes que venderá, ¿por qué estoy aquí?

—Por lo que te he dicho antes —dijo Dawson—, no puedo dejar que averigüe que todo lo que dicen sobre mí es cierto. Quiero conservar el poco orgullo que me queda.

Barrie hizo una mueca.

—Supongo que de poco servirá que te diga que...

Dawson le puso el dedo índice en la boca.

—No, no serviría de nada.

Barrie lo miró, se sentía incómoda, casi enferma. En el fondo sabía que la única esperanza que Dawson tenía de recuperar una vida sexual normal era haciendo el amor con ella. El problema había empezado en Francia y sólo ella tenía el poder de acabar con él. Pero no tenía el valor de intentarlo.

—No quiero que te apiades de mí —dijo Dawson con voz grave—. He aprendido a vivir con ello. Me acostumbraré. Y tú también. Vuelve a Tucson y acepta ese trabajo.

—¿Y tú qué harás? Tiene que haber algún modo...

—Si lo hubiese, lo habría encontrado —dijo Dawson, luego se dio la vuelta y se alejó hacia la puerta—. Será mejor que salgamos.

—Espera —dijo Barrie.

Dawson se detuvo. Ella se pasó la mano por el pelo, despeinándose, se desabrochó un botón de la camisa y la sacó de los pantalones.

Dawson entendió lo que pretendía. Sacó el pañuelo del bolsillo y se lo dio a Barrie, que se lo pasó por la comisura de los labios y luego se lo devolvió.

Entonces, Dawson abrió la puerta. Leslie estaba sentada en la escalera, esperando. Los miró con suspicacia y cuando vio los intentos de Barrie por arreglarse, chascó la lengua para demostrar su impaciencia.

—Perdona —murmuró Dawson—. No sabíamos qué hora era.

—Está claro —replicó Leslie mirando a Barrie—. Vine aquí para hablar de tierras.

—Por supuesto, estoy a tu disposición —dijo Dawson—. ¿Te apetece charlar mientras tomamos una taza de café?

—No, me gustaría que me enseñaras la ciudad —dijo Leslie, y luego miró a Barrie—. Supongo que ella también viene.

—No si prefieres que te conceda toda mi atención —dijo Dawson inesperadamente—. No te importa, ¿verdad, cariño?

Barrie estaba desconcertada, pero trató de sonreír.

—Claro que no —dijo—. Podéis iros, yo me quedaré ayudando a Corlie en la cocina.

—¿Sabes cocinar? —preguntó Leslie con indiferencia—. Yo nunca me molesté en aprender, la mayoría de las veces como fuera de casa.

—Yo odio la comida de los restaurantes —dijo Barrie—, así que el verano pasado hice un curso de cocina. Incluso aprendí a hacer postres franceses.

Dawson se la quedó mirando.

—No me lo habías dicho.

—No me lo preguntaste —dijo Barrie encogiéndose de hombros.

—Qué raro —dijo Leslie—. Yo creía que los novios se lo contaban todo. Además es tu hermanastra.

—Hemos vivido mucho tiempo separados —le explicó Dawson—. Todavía estamos dando los primeros pasos, a pesar del compromiso. No estaremos fuera mucho tiempo —le dijo a Barrie.

—Tomaos vuestro tiempo.

Dawson vaciló, Barrie sabía por qué. No quería darle a Leslie pie para flirtear con él. Barrie se acercó a él y lo abrazó por la cintura.

—Recuerda que estás prometido —dijo y se puso de puntillas para darle un beso en los labios.

Estaban tan fríos como el hielo, como sus ojos, incluso a pesar de que aparentemente trataban de devolverle el beso.

—Tennos preparado algo especial para cuando volvamos —dijo Dawson refiriéndose a la cena y apartando a Barrie con ternura.

Barrie se quedó con una enorme sensación de vacío. Sabía que no era capaz de darle todo lo que él necesitaba, pero le hubiera gustado una muestra más cálida de su afecto. La miraba como si la odiara, y tal vez la odiaba todavía.

Dawson conducía su nuevo Mercedes plateado de camino a Sheridan. Leslie iba a su lado.

—¿Ya tenéis problemas? —preguntó Leslie—. Me he dado cuenta de que has estado muy frío con ella. Claro que os lleváis muchos años, ¿no?

—Supongo que todos los noviazgos pasan por tiempos difíciles —dijo sin dar importancia a las palabras de Leslie.

—Pero os habéis prometido ayer.

—Sí, pero yo hubiera querido hacerlo antes —dijo Dawson.

—Entiendo, un amor no correspondido.

Dawson rió con amargura.

—Así fue durante algunos años.

Leslie lo miró con curiosidad, luego empezó a reírse. Dawson la contemplo perplejo.

—Perdona —dijo Leslie dejando de reír—. Es sólo que me he acordado de los rumores que circulan sobre ti. No sé por qué los he creído.

—¿Rumores?

—Oh, son demasiado estúpidos como para que te los repita. Y ahora no tienen sentido, supongo simplemente que te negabas a salir con mujeres que no te importaban.

Dawson no se esperaba que Leslie pudiera olvidar aquellos rumores tan fácilmente. Frunció el ceño y la miró.

Leslie estaba sonriendo, sin el menor asomo de flirteo.

—Es encantador, de verdad —dijo—. ¿Y Barrie no sospechó nada?

—No.

—Y todavía no lo sabe, ¿verdad? —preguntó Leslie con curiosidad—. Estáis prometidos, pero actúa como si le resultara difícil darte un beso. Y no creas que me habéis engañado con la mancha de lápiz de labios en el pañuelo. No había ni rastro de carmín en tu cara. Está muy nerviosa cuando está contigo y se nota.

Dawson lo sabía, pero no le gusta oírlo.

—Estamos dando los primeros pasos.

Leslie asintió.

—Ten en cuenta que puede que tenga menos experiencia con los hombres de la que pretende —dijo—. No tiene esa afectación que la mayoría de las mujeres tenemos a su edad. No creo que tenga mucha experiencia.

—Eres muy observadora para alguien que pretende tener una piel tan dura como tú —dijo Dawson mirándola a los ojos.

Leslie se reclinó sobre el confortable asiento.

—Yo estaba enamorada de mi marido —dijo—. Como era mucho mayor que yo, todo el mundo piensa que me casé con él por dinero, pero no es verdad. Me casé con él porque fue la primera persona que fue amable conmigo.

El tono de Leslie se volvió más amargo a medida que la asaltaban los recuerdos.

—Mi padre no me quería, porque pensaba que yo no era hija suya —prosiguió—. Mi madre me odiaba porque tenía que cuidar de mí y sólo quería divertirse. Y al final los dos me abandonaron a mi suerte. Encontré malas compañías y tuve problemas con la ley. Me sentenciaron a un año de prisión por ayudar a un chico con el que salía a robar. Jack Holton estaba en el juzgado, representando a algún cliente, y empezamos a hablar en uno de los descansos. Yo era un caso difícil, pero él ponía mucho interés y era muy persistente. Antes de darme cuenta me casé con él.

Agachó la vista, distraída por los recuerdos.

—Cuando murió me volví un poco loca, y no creo que haya vuelto a recobrar el sentido hasta hoy —dijo y luego lo miró—. Barrie tiene algo en su pasado, algo que le hace daño. Cuídala mucho, ¿vale?

Dawson se sorprendió. Leslie era muy perspicaz. Pero no podía contarle cuál era el problema de Barrie y quién se lo había ocasionado.

—Lo haré —dijo con una sonrisa.

Leslie le sonrió con un afecto sincero.

—Me gustas, ya lo sabes —le dijo—. Te pareces mucho a Jack. Pero ahora que sé cómo están las cosas, te has quedado fuera de la lista. Bueno, ¿y cuánto vas a ofrecerme por ese trozo de tierra?

Cuando volvieron, Dawson rodeaba a Leslie por el hombro y no dejaban de sonreír. Barrie se puso inmediatamente a la defensiva y se le ocurrieron toda clase de razones para explicar por qué estaban tan contentos. Sintió celos y no supo cómo explicarlos.

Durante la cena guardó silencio, habló tan sólo cuando se dirigían a ella. De todas formas, aquella actitud no molestó a Dawson. Si Barrie sentía celos, aún quedaban esperanzas de que lo que sentía por él no hubiera muerto del todo.

Así que siguió prestando atención a Leslie.

—Creo que deberíamos dar una fiesta —dijo—. El viernes por la noche. Invitaremos a la gente por teléfono y organizaremos un baile. A Corlie le encantará hacer los preparativos.

—¿Podrá hacerlo con tan poco tiempo? —preguntó Leslie.

—¡Por supuesto! Barrie la ayudará, ¿verdad? —dijo dirigiendo una sonrisa a Barrie.

—Claro —replicó Barrie con voz apagada.

—He traído algunos discos maravillosos para bailar —dijo Leslie—. Incluida alguna recopilación de música de baile de los años cuarenta. ¿Te gusta bailar, Barrie?

—Hace mucho que no lo hago —replicó Barrie—. Pero supongo que es como montar en bicicleta, ¿no?

—Sí, seguro que no se te ha olvidado —dijo Dawson—. Si has olvidado algún paso, yo puedo enseñarte.

Barrie lo miró y se sonrojó al tropezarse con su mirada.

—Siempre hay cosas que aprender —dijo.

Dawson hizo una mueca y miró a Leslie.

—Nos lo pasaremos bien —le dijo—. Y ahora, ¿por qué no vamos a ver el contrato que le encargué a mi abogado? No te importa, ¿verdad, Barrie?

Barrie se irguió con dignidad.

—Por supuesto que no —dijo—. Después

de todo, sólo son negocios, ¿verdad?

—¿Qué otra cosa podría ser? —replicó Dawson.

Sí, ¿qué otra cosa podría ser? Se dijo Barrie enfurecida al ver cómo la puerta del estudio se cerraba tras Dawson y la viuda Holton.

Barrie subió a su habitación y cerró la puerta con llave. Nunca en su vida había estado más furiosa. Dawson le había pedido que fuera hasta allí para evitar a la viuda fingiendo que estaban prometidos, y él se estaba comportando como si en vez de con ella, se hubiera comprometido con la viuda. De acuerdo, pensaba, pero no pretendería que se quedara de brazos cruzados. Celebrarían la fiesta el viernes, y el sábado regresaría a Tucson. Si a Dawson le gustaba la viuda, podría quedarse a gusto con ella.

Se echó sobre la cama y las lágrimas inundaron sus ojos. ¿A quién pretendía engañar? Todavía lo quería. Todo era igual que antes. Dawson sabía lo que ella sentía y le estaba clavando un cuchillo en el corazón. Qué idiota había sido para creer todo lo que él le había dicho. Probablemente se estaba riendo de ella por lo fácil que había sido engañarla para convencerla de que fuera a Sheridan, y una vez en Sheridan burlarse aún más de ella. Dawson debía pensar que todavía no había pagado el precio del segundo matrimonio de su padre, y pensar que estaba empezando a creer que se preocupaba por ella. ¡Ja! Pero al día siguiente iba a cortar por lo sano. Al día siguiente le hablaría claro, estaba decidido. A primera hora de la mañana.

Capítulo Seis

CUANDO Barrie le dijo a Dawson que después de la fiesta volvería a Tucson, se encontró con un silencio cortante y una mirada que habría abatido a una mujer menos convencida.

—Estamos prometidos —dijo Dawson, humildemente.

—¿Lo estamos? —dijo Barrie quitándose la sortija de esmeralda y dejándola sobre la mesa del despacho—. Prueba a ver cómo le queda a la viuda, a lo mejor le sienta mejor que a mí.

—No lo entiendes —dijo Dawson entre dientes—. Sólo está aquí para venderme sus tierras, no hay nada por lo que estar celosa.

—¿Celosa? —dijo Barrie con sarcasmo—. ¿Por qué, Dawson, por qué iba a estar celosa? Después de todo debe haber una docena de hombres esperando que vuelva a Tucson.

Dawson no supo qué decir. La aseveración de Barrie le dejó perplejo. Barrie se marchó de la habitación sin decir nada.

Hasta el día de la fiesta, lo mantuvo a distancia con sonrisas forzadas y educada conversación.

La noche del viernes se estaba haciendo muy larga. Lo único que Barrie quería era volver a su habitación y alejarse de Dawson. Se había pasado la fiesta viéndole esbozar su vieja sonrisa cínica para captar la atención de todas las mujeres presentes, sobre todo de Leslie Holton. No se apartaba de aquella mujer ni un instante y a Barrie le pareció muy extraño aquel repentino cambio de actitud.

Los evitó a los dos de manera premeditada, tanto que Corlie, que ayudaba a servir los canapés y las bebidas, no dejaba de mirarla ceñudamente. Pero Barrie no podía evitar su frialdad hacia Dawson.

Pero se llevó una sorpresa cuando Leslie anunció que se marchaba. Dawson la acompaño hasta su coche y Barrie los observó desde la puerta. Leslie besó a Dawson y él no hizo ademán de apartarse. Aquello fue la gota que colmó el vaso de la paciencia de Barrie. Cerró la puerta y se metió en casa, dominada por la furia.

Cuando Barrie se estaba despidiendo del último de los invitados, Dawson apareció de nuevo en la puerta. Barrie, después de decir adiós con la mano, trató de desaparecer, pero Dawson se acercó a ella y la tomó por la cintura.

—¿Qué haces? —dijo Barrie tratando de

no aparentar ningún temor.

Dawson la observó de arriba a abajo, desde la melena suelta hasta las largas piernas que dejaba al descubierto su elegante vestido negro corto.

—Puede que me haya cansado de jugar —dijo Dawson enigmáticamente.

—¿Conmigo o con Leslie Holton? —replicó Barrie.

—¿No sabes por qué he tratado tan bien a Leslie? ¿No puedes adivinarlo?

Barrie se sonrojó delicadamente.

—No quiero saber por qué. Quiero irme a la cama, Dawson —dijo Barrie midiendo la distancia que había hasta la puerta.

Dawson dejó escapar un largo suspiro de resignación ante la rígida postura de Barrie y su temerosa mirada.

—Tú huyes, yo huyo. No hay diferencia entre tú y yo —dijo, y la tomó por los hombros y la atrajo hacia sí, a pesar de su resistencia—. Si yo eché a perder tu vida, tú hiciste lo mismo con la mía. Yo creía que estábamos acercándonos y ahora es como si viviéramos en mundos distintos. Ven aquí.

Un par de whiskys le habían hecho perder cualquier inhibición. Se echó sobre ella sin la menor esperanza de experimentar ninguna excitación, pero al menos podría besarla…

Lo hizo, con dolorosa urgencia. Sus pensamientos cedieron paso a la sensación de tocarla, de probar su boca. Gimió estrechándola contra sí. Barrie estaba tensa, pero su resistencia no le detuvo. Se abandonó a aquellas sensaciones sin pensar más que en demostrarle que ni siquiera el beso más ardiente podía excitarlo.

Pero ocurrió lo inesperado. Se apretó contra las caderas de Barrie y el súbito tacto de las largas piernas de ella contra las suyas, le hizo temblar de angustia y deseo. Profirió un audible gemido que expresaba su asombro al darse cuenta de que lo que no había ocurrido desde hacía casi cinco años, estaba ocurriendo en aquellos momentos.

Se apartó de ella y la miró. Dawson tenía una expresión de miedo y la apretaba con tanta fuerza que llegó a hacerle daño.

Barrie reaccionó de un modo puramente instintivo, oponiéndose al daño que Dawson no era consciente de hacerle con todas sus fuerzas.

Dawson estaba ante ella, temblando de deseo. La deseaba obsesivamente, pero ella no podía soportar que la tocara. Para Dawson era irónico, trágico. Acababa de descubrir que todavía era capaz de hacer el amor, al menos con la mujer que tenía delante, pero aquella era la única mujer del mundo que no soportaba que la tocara.

La miró con amargura.

—¡Dios, esto era todo lo que hacía falta! —dijo con angustia—. ¡Esto era todo!

Dawson tenía una mirada tan encendida que Barrie creyó que la odiaba.

—¡Me habías dicho que no sentías nada! —exclamó.

Dawson se pasó la mano por el pelo y se frotó la frente. Luego se dio la vuelta.

—Pensé que de cintura para abajo estaba muerto —dijo—, que era inmune a las mujeres. Nunca me había dado cuenta por qué, aunque llegara a sospecharlo... ¡Yo también podría estar muerto! ¡Dios mío, yo también podría estar muerto!

Abrió la puerta y salió precipitadamente, como si se hubiera olvidado de la presencia de Barrie. Se dirigió a su coche, lo arrancó y salió a toda velocidad.

Barrie lo observó como si fuera un sonámbulo porque actuaba de un modo que no parecía él mismo.

—Dawson —se dijo cuando él ya había desaparecido.

Se quedó de pie en la puerta, desamparada, tratando de decidir lo que debía hacer. Dawson no estaba en condiciones de conducir, así pues ¿cómo podía irse ella a la cama? Por otro lado, no podía quedarse a esperarlo porque al volver podría comportarse aún más violentamente. Sabía muy bien, demasiado bien, cómo era Dawson cuando estaba fuera de control. Corlie y Rodge se habían ido a la cama y ella no podía soportar la idea de verse sola con él. Sin embargo, saber que estaba conduciendo borracho tampoco era muy tranquilizador.

Cada minuto que pasaba estaba más preocupada, así que tomó el bolso, el abrigo y las llaves del deportivo de Dawson y salió a buscarlo.

Condujo un par de kilómetros, fijándose en las cunetas. Sentía un gran alivio al no ver nada. Al cabo de diez minutos pensó que probablemente Dawson había vuelto al rancho y se dispuso a dar la vuelta.

Le dio un vuelco al corazón al ver las luces de emergencia al otro lado de una pequeña colina. Supo enseguida, en el fondo de su corazón, que se trataba de Dawson. Pisó el acelerador y comenzó a rezar mientras se le hacía un nudo en la boca del estómago.

El coche del sherif del condado estaba detenido en la cuneta. Sobre el pavimento había marcas de neumáticos y un poco más allá estaba el coche de Dawson, que había dado una vuelta de campana. Cuando se detuvo, oyó el sonido de la sirena de una ambulancia en la distancia.

Quitó la marcha y sin ni siquiera apagar el

coche salió corriendo hacia donde se encontraba el Jaguar.

—¡Dawson! —gritó—. ¡Oh, Dios mío!

El sherif le cortó el paso.

—Suélteme —dijo sollozando y tratando de pasar—. ¡Por favor, por favor!

—No puede ayudarlo —dijo el sherif con firmeza—. ¿Reconoce el coche?

—Es el de Dawson —dijo Barrie con un susurro—. Dawson Rutherford, mi hermanastro... ¿Está... muerto?

A Barrie le pareció que transcurrió una eternidad antes de que el sherif respondiera.

—Está muy grave —dijo—. Cálmese.

Barrie lo miró bajo el resplandor intermitente de las luces de emergencia.

—¡Por favor! —dijo—. ¡Por Dios se lo ruego!

La mirada de súplica de Barrie convenció al policía y la dejó pasar.

Barrie corrió hacia el coche con el corazón latiéndole a toda velocidad y una expresión de miedo absoluto. Dawson estaba dentro, en una postura muy extraña. Barrie alargó la mano para tocarlo y notó la sangre. Sabía que no debía intentar moverlo, así que se limitó a acariciarle el pelo, con manos temblorosas. Su rostro, que estaba girado hacia el otro lado, estaba helado. No dejaba de acariciarlo, como si haciéndolo pudiera mantenerlo con vida.

—No puedes morirte —suspiró—. ¡Por favor, Dawson! ¡No puedes morirte, por Dios!

Dawson no se movió. Tampoco dijo nada. Estaba sin sentido.

El sonido de la sirena de la ambulancia estaba cada vez más próximo. Luego se detuvo. Barrie oyó voces a su espalda.

Con amabilidad pero con firmeza alguien la apartó de allí y la devolvió junto al coche del sherif. Aquella vez Barrie se quedó quieta, observando, esperando. Muchas veces había pensado que odiaba a Dawson, sobre todo desde que se había puesto a flirtear con Leslie, pero en realidad sólo se había estado mintiendo a sí misma. Podría haber salido con muchos hombres, y había muchos que la deseaban, pero sólo había uno al que ella quisiera. A pesar del dolor y la angustia del pasado, su corazón pertenecía al hombre que estaba aprisionado en aquel coche. Barrie supo entonces, sin la menor duda, que si Dawson moría, una parte de ella moriría con él, y lo único que deseó fue tener la ocasión de decírselo.

Para sacarlo del coche tuvieron que cortar la puerta. Cuando le pusieron en la camilla

116

ni siquiera se movió. Lo cubrieron con una manta y lo llevaron a la ambulancia. Barrie se lo quedó mirando con tristeza. No se movía. Tal vez ya hubiera muerto y los enfermeros no querían cubrirle la cara delante de ella. Pero si su propio corazón, pensaba Barrie, seguía latiendo, si ella misma seguía respirando, Dawson tenía que estar vivo. Si él hubiera muerto, ella estaría muerta también.

—Vamos —dijo el sherif con amabilidad—, la llevaré al hospital.

—Y... el coche.

—Yo me ocupo de él.

Subieron al coche del policía y siguieron a la ambulancia hasta un hospital privado de Sheridan.

Barrie se bebió cinco tazas de café antes de que alguien fuera a decirle cómo estaba Dawson. No podía pensar, tan sólo permanecía sentada junto a la ventana, rezando.

—Señorita Rutherford.

Barrie levantó la cabeza.

—Bell —corrigió débilmente—. Dawson es mi hermanastro.

—Sobrevivirá —dijo sonriendo—. Estaba inconsciente cuando lo ingresaron, probablemente por la contusión del choque, pero milagrosamente no hay daños internos. Ni siquiera hay ningún hueso roto. No le parece un... ¡Señorita Bell!

Barrie se despertó sobre una cama en la sala de emergencias. Lo primero que vio fueron las luces del techo, lo primero que pensó fue que Dawson viviría. Eso había dicho el doctor. ¿O había sido un sueño?

Giró la cabeza y una enfermera la sonrió.

—¿Se siente mejor? —le preguntó—. Supongo que ha sido una noche muy dura. El señor Rutherford está en una habitación privada. Está bien. Hace poco preguntó por usted.

Barrie se sobresaltó.

—¿Ha vuelto en sí? —preguntó.

—Sí. Le dijimos que usted estaba en la sala de espera y se tranquilizó. Va a ponerse bien.

—Gracias a Dios —dijo Barrie suspirando, y volvió a cerrar los ojos—. Gracias a Dios.

—Debe quererle mucho —dijo la enfermera.

—No tenemos más parientes —dijo Barrie evitando el comentario a la afirmación de la enfermera—. Sólo nos tenemos el uno al otro.

—Ya. Menos mal que llevaba puesto el cinturón de seguridad. Es muy guapo.

Al oír aquel comentario, Barrie miró a la enfermera y se fijó en su pelo rubio y sus bonitos ojos marrones.

—Sí que lo es, ¿verdad? —dijo.

—Está en mi sección. Qué suerte.

«Sí, qué suerte», pensó Barrie, aunque no dijo nada. Se levantó con la ayuda de la enfermera y fue al cuarto de baño para refrescarse. Trató de no pensar, aquella noche ya había tenido bastante.

Después de lavarse la cara, retocar el maquillaje y peinarse, se dirigió a la habitación de Dawson. Llamó a la puerta y entró. La estancia era individual y Dawson estaba consciente como había dicho la enfermera.

Giró la cara al oír entrar a Barrie. Ella hizo una mueca al ver los cortes que tenía en un lado de la cara. Tenía un moretón en el pómulo y en la sien. Parecía un poco desorientado, lo que no era sorprendente, considerando el golpe que debía haber sufrido. Barrie se estremeció al recordar el estado en que había quedado el Jaguar.

Dawson respiraba con dificultad.

—Lo siento —dijo con una voz muy ronca.

Barrie no pudo contener las lágrimas por más tiempo.

—¡Bobo! —dijo sollozando—. ¡Eres un estúpido, podías haberte matado!

—Barrie —dijo Dawson suavemente tendiéndole la mano.

Barrie corrió hacia él. Todas las barreras

que había entre ellos se derrumbaron, como si nunca hubieran existido. Se sentó en la silla que había junto a la cama y se echó sobre él. No dejaba de temblar. Dawson la tomó por los hombros.

—Tranquila, tranquila. Estoy bien. He tenido suerte y no me di en la cabeza ni en ningún órgano vital.

Barrie no dijo nada. No dejaba de sollozar y estremecerse. Y Dawson le acariciaba el pelo.

—Maldita sea —dijo con dificultad—, me encuentro muy débil, Barrie.

—Enseguida te pondrás bien —murmuró Barrie levantando la cabeza—. Vas a tener un bonito moretón.

—Ya lo sé —dijo Dawson revolviéndose sobre la cama—. Qué dolor de cabeza. No sé si es la resaca o el accidente. ¿Pero qué hacía yo conduciendo?

—No lo sé, exactamente —dijo Barrie eludiendo la respuesta—. Te enfadaste y tomaste el coche.

Dawson silbó y sonrió con humor.

—Bonito epitafio: «Muerto por razones desconocidas».

—No me parece muy divertido —dijo Barrie secándose los ojos con un pañuelo de papel.

—¿Estábamos discutiendo otra vez?

—En realidad, no.

—¿Entonces? —preguntó Dawson frunciendo el ceño.

La puerta se abrió y entró la enfermera rubia con una carpeta.

—Es hora de comprobar las constantes vitales —dijo—. Sólo será un minuto. Si le apetece tomar una taza de café... —añadió dirigiéndose a Barrie.

Barrie no tenía ánimos para discutir nada.

—Vuelvo enseguida —dijo.

Dawson la miró como si quisiera decir algo, pero la enfermera le metió el termómetro en la boca.

Más tarde, Barrie volvió al rancho y les contó a Corlie y Rodge lo que había ocurrido. Luego llamó a Antonia, su mejor amiga, que vivía en Bighorn.

—¿Quieres que vaya y me quede contigo? —le preguntó Antonia.

—No —dijo Barrie—, sólo quería hablar con alguien. Dawson se quedará en el hospital un par de días. No quería que te preocuparas si llamabas y no estaba en casa, sobre todo porque te dije que hoy volvería a Tucson.

—¿Necesitas algo?

—No, pero gracias, lo tendré en cuenta.

Ya recibe muchas atenciones de una enfermera rubia. Ni siquiera creo que me eche de menos.

Se hizo una pausa.

—¿Vas a irte antes de que vuelva del hospital?

—No —respondió Barrie con sequedad.

—¿Y no sabes qué pasó? ¿Por qué conducía tan deprisa?

—Sí, creo que sí lo sé —dijo Barrie tristemente—. En parte, es culpa mía. Aunque también había bebido demasiado y eso que dice que no se debe conducir cuando has tomado alguna copa.

—Podremos chantajearle por esto durante años —replicó Antonia con un tono burlón—. Gracias a Dios estará vivo para que podamos hacerlo.

—Se lo diré. Si puedo lograr que me escuche.

Colgó y fue al estudio porque allí se sentía más cerca de Dawson. No había podido decirle por qué se había ido la noche anterior, aunque sospechaba la razón. Se había dado cuenta de que sólo podía hacer el amor con una mujer... y era una mujer a la que había aterrorizado tanto en el pasado que ya nunca podría hacer el amor con él. Dawson había huido la noche anterior porque aquel era un pensamiento que no podía soportar. Qué terrible ironía.

Se acercó a la ventana y miró al exterior. El cielo estaba cubierto, y amenazaba nieve. Si quería volver a Tucson, tenía que salir antes de que las carreteras estuvieran impracticables. Pero tampoco podía dejar a Dawson en el estado en que estaba. ¿Qué podía hacer? Lo primero era volver al hospital.

Pero Corlie se negó a dejarla salir.

—No has dormido y necesitas comer y descansar. Rodge y yo iremos con él mientras descansas un poco.

—No tenéis por qué ir...

—Barrie, sabes muy bien que es como si fuera hijo nuestro. Come algo y nosotros nos quedaremos en el hospital hasta que tú vayas esta noche.

—Está bien.

Corlie daba por sentado que Barrie iba a pasar la noche con Dawson. No había duda de que todos pensaban que estaban prometidos. Barrie hizo una mueca, sabía que cuando Dawson se recuperara volvería a odiarla.

Cuando Barrie volvió al hospital, Dawson la escrutó con la mirada y le preguntó:

—¿Te sientes mejor?

—Mucho mejor —respondió Barrie con un murmullo.

Corlie se levantó y le dio un abrazo.

—Pero, cielo, si estás helada. ¿No tienes

algo que te abrigue más que esa rebeca? —le dijo.

—En Tucson no hace tanto frío como aquí —respondió Barrie.

—Ve a Harper's y cómprate un abrigo —dijo Dawson—. Tengo una cuenta abierta allí.

—No me hace falta un abrigo —dijo Barrie con una sonrisa nerviosa—. Tampoco estaré aquí el tiempo suficiente para ponérmelo. Sólo hace un poco de fresco, estamos en primavera.

Dawson no dijo nada, pero no dejaba de mirarla.

—Corlie —dijo después de un silencio—. ¿Sabes su talla?

—Sí —dijo Corlie sonriendo.

—Cómprale un abrigo.

—Mañana a primera hora.

—Pero... —intervino Barrie.

—Chist, niña. Tiene razón con eso que llevas puesto te vas a helar. Bueno, nos vamos. Mañana por la mañana volveremos —dijo Corlie abrazando de nuevo a Barrie.

—Será mejor que no discutas —dijo Rodge con una sonrisa—. En treinta y cinco años no he logrado hacer que cambie de opinión cuando discuto con ella. ¿Crees que tú vas a poder?

—Me parece que no —dijo Barrie con un suspiro.

La pareja se despidió de Dawson y salió de la habitación.

Barrie se sentó en la silla que había junto a la cama. Al quedarse sola con él se sentía incómoda y vulnerable, y Dawson parecía estar totalmente pendiente de ella. La miró a los ojos y sostuvo su mirada hasta que ella se sonrojó y tuvo que mirar a otro lado.

—Ya me he acordado —dijo Dawson.

—¿Te has acordado? —replicó Barrie mordiéndose el labio.

—Y me parece que tú sabes por qué perdí los nervios.

Barrie se sonrojó aún más y tuvo que bajar la mirada.

Dawson se rió, con cierta amargura.

—Eso es Barrie, intenta pensar que no ocurrió. Sigue huyendo —dijo y le tomó la mano—. Y para ya, te has hecho sangre en el labio.

Barrie ni siquiera se había dado cuenta. Tomó un pañuelo de papel y se limpió.

—Es una manía —dijo titubeando.

Dawson la soltó y se dejó caer sobre la almohada. Tenía más arrugas y parecía más viejo. Era como si nunca en su vida hubiera sonreído.

—Dawson —dijo estrujando el pañuelo de papel.

Dawson la miró inquisitivamente.

—¿Por qué...? —preguntó Barrie con vacilación—. ¿Por qué me deseas? Quiero decir, todas esas mujeres, como la señora Holton... además es muy guapa.

Dawson la miró a los ojos.

—No sé por qué, Barrie —replicó—. Puede que porque fui tan cruel contigo, no lo sé. El caso es que yo te deseo y tú me tienes miedo. Irónico, ¿no? ¿Te haces alguna idea, por pequeña que sea, de lo que significa para un hombre ser impotente?

Barrie negó con un gesto.

—En realidad no —dijo.

—Todos estos años... —dijo Dawson apartándose el pelo de la cara y cerrando los ojos—. Me pongo enfermo cuando me toca una mujer, Barrie. Y luego no siento nada. Era como si estuviera contigo. Por eso ayer te abracé y te apreté contra mí, para que vieras lo que me has hecho.

Dawson se rió con amargura.

—Y menuda lección, ¿no? Me sentí tan excitado como nunca, y con la única mujer que tiembla de miedo cuando la toco.

Barrie apretó los dientes y observó a Dawson. Hace muchos años, llegó a tener la impresión de que le había amado durante toda la vida, pero en una sola noche él destruyó su amor, su futuro y su feminidad. En la vida de Dawson ya no quedaban esperanzas, pero tampoco en la suya.

Dawson la miró.

—También tú lo has pasado muy mal, ¿verdad? —le preguntó de repente—. Todos esos malditos hombres que aparecían en tu vida sin que tú pudieras hacer nada. No dejaste que ninguno de ellos te tocara, ni siquiera del modo más inocente.

Barrie se estremeció. Era abrumador que él supiera tanto de ella, era como si fuera capaz de desnudarla y ver su alma.

Fue a levantarse, pero él la tomó por la cintura, con una fuerza sorprendente para las condiciones en las que estaba, y la sentó en la silla.

—No —dijo mirándola con determinación—. No. Esta vez no vas a huir. He dicho que nadie te ha tocado, que ni siquiera te han besado desde que yo lo hice. Vamos, dime que miento.

Barrie tragó saliva. Su expresión de temor fue la respuesta que obtuvo Dawson.

—Maldíceme, Barrie. Maldíceme por aquello —dijo Dawson entre dientes, luego la soltó y se recostó en la cama—. Por primera vez en mi vida, no sé qué hacer.

Dawson hablaba como si estuviera derrotado. Barrie odiaba aquella inseguridad, odiaba lo que se habían hecho el uno al oro, porque Dawson lo era todo para ella.

Estiró el brazo y le acarició la mano y

luego el brazo. Dawson, como si no pudiera creer lo que le decían sus sentidos, giró la cabeza y observó la pálida mano de Barrie. Luego la miró con curiosidad y ternura.

—Barrie...

Antes de que pudiera proseguir la frase, la enfermera apareció por la puerta, sonriendo, muy alegre, llena de optimismo y con una actitud posesiva hacia su apuesto paciente.

—La cena —anunció dejando la bandeja sobre la mesa—. Sopa y té. ¡Y yo voy a dársela!

—Muchas gracias, pero no hace falta.

La enfermera dio un respingo. Dawson no tenía precisamente una actitud de bienvenida, más bien la miraba con hostilidad, como previniéndola contra sus intenciones. La enfermera rió nerviosamente, perdiendo la confianza, y dejó la bandeja sobre la cama.

—Claro, por supuesto, si usted cree que puede cenar solo —dijo y se aclaró la garganta—. Volveré a recoger la bandeja dentro de veinte minutos. Trate de comérselo todo.

Terminó la frase, volvió a sonreír con menos entusiasmo que antes y desapareció más deprisa de lo que había venido.

Dawson dio un doloroso suspiro y miró a Barrie.

—Ayúdame —dijo.

Verlo comer le resultaba muy íntimo. Veía

cada cucharada desaparecer entre los labios, y recordó la forma en que aquellos labios la habían besado. Habían sido unos besos adultos, apasionados, sin tregua. Sabía que Dawson no se había dado cuenta de lo nuevos que eran para ella hasta que... Aquel pensamiento la sonrojó.

Dawson tragó la última cucharada de sopa y la miró.

—Yo también tengo mis propias pesadillas —dijo inesperadamente—. Si pudiera volver atrás, lo haría. Al menos, créeme cuando te digo eso.

Barrie puso el plato de sopa en la bandeja y se removió con inquietud. Luego le ayudó a tomar el té. Dawson hizo una mueca de asco.

—Es muy bueno —dijo Barrie.

—Sí, a lo mejor sirve para calentarse las manos en invierno —murmuró Dawson—, pero nada más.

Dawson chascó la lengua sin rastro de humor.

—¿Te quedas aquí esta noche?

—Me parece que es lo que se espera de mí.

La expresión de Dawson se endureció.

—No me obligues a echarte, soy muy capaz...

Barrie hizo una mueca de pesar.

Dawson cerró los ojos y apretó el puño

hasta que los nudillos se pusieron pálidos.

Barrie aproximó la silla a la cama. Puso su pequeña mano sobre el gran puño de Dawson y lo acarició.

—No, Dawson —susurró—. Claro que me quedo. Quiero quedarme.

Dawson no respondió y siguió con el puño apretado.

Barrie continuó acariciándolo. Dawson abrió los ojos y la miró. Barrie dio un largo y profundo suspiro y se llevó el puño a los labios. Él se estremeció.

Barrie lo dejó caer, bruscamente, sorprendida por su propia acción. Luego se incorporó. Se había sonrojado.

Pero Dawson tomó su mano con firmeza. Tiró de ella hasta que la puso sobre su boca. Cerró los ojos y gimió. Luego volvió a mirarla y Barrie se estremeció con el ardor de aquella mirada.

—Ven aquí —le dijo Dawson.

A Barrie le temblaron las rodillas. Sentía los labios de Dawson sobre la palma de su mano como si se los hubiera marcado a fuego. Nunca supo si habría obedecido o no la demanda de Dawson, porque en aquel momento se abrió la puerta y entró el médico. Dawson soltó la mano de Barrie y la magia del momento se disipó.

Pero ninguno de los dos olvidó aquel

momento. Ni siquiera los calmantes que le dieron para dormir, hizo que Dawson lo olvidara. Barrie se sentó en un sillón frente a la cama y lo observó mientras dormía. Toda su vida yacía en aquella cama de hospital y no tenía el menor deseo de abandonarla. Y le parecía que a él le ocurría lo mismo.

Una enfermera que no conocía la despertó a la mañana siguiente al entrar con una toalla, jabón y un barreño de agua. Dirigió a Dawson una mirada luminosa y alegre, pero cuando él se negó, bruscamente, a que lo asearan, la enfermera salió corriendo.

—Tienes a las enfermeras muertas de miedo —señaló Barrie, cansada y medio dormida, con una débil sonrisa.

—No quiero que me toquen.

—No puedes bañarte tú solo —protestó.

Dawson la miró a los ojos.

—Entonces hazlo tú —dijo sin el menor asomo de burla—. Porque no quiero que toquen mi cuerpo otras manos que no sean las tuyas.

Su mirada era cálida, tranquila y amable.

—Nunca he bañado a nadie —dijo Barrie con vacilación.

Dawson se quitó la bata del hospital y apartó la sábana, dejando que cubriera por debajo de las caderas. Barrie se sonrojó. A pesar de la intimidad que habían compartido, nunca lo había visto desnudo.

—Así está bien —dijo Dawson mirándola a los ojos—, el resto puedo hacerlo yo, cuando tú termines.

Barrie no se detuvo a preguntar por qué no podía él lavarse entero. Tomó un paño limpio que había llevado la enfermera, lo mojó y la aplicó jabón líquido. Luego, con lentos movimientos se lo pasó por la cara, el cuello y la espalda. Escurrió el paño y volvió a mojarlo y ponerle jabón. Antes de lavarle el pecho y los brazos, vaciló.

—No estoy en el lugar ni en la posición adecuada para que debas preocuparte —dijo Dawson con gentileza.

Barrie sonrió y le lavó los brazos y sus fuertes manos. Volvió a mojarlo y lo aplicó sobre el pecho. Incluso a través del paño notaba sus fuertes músculos. Por un instante recordó el tacto y el sabor de aquel pecho.

Dawson la vio dudar y le tomó la mano.

—Sólo son carne y huesos —dijo con tranquilidad—. No hay nada que temer.

Barrie asintió. Le frotó el ombligo y el estómago. Dawson gimió y volvió a tomarle la mano.

—Creo que será mejor... que no pases de ahí —dijo con la respiración entretecorta-

132

da—. Es uno de los peligros de bañar a un hombre —dijo Dawson tragando saliva—. Aunque no quiero fingir que no lo disfruto. Hacía años que no me ocurría.

Barrie lo miró con curiosidad.

—No lo entiendes —dijo Dawson.

—En realidad, no.

—No me ocurre con otras mujeres. No me ocurre en absoluto.

—Y si no te pasa, no puedes...

—Exactamente —dijo Dawson asintiendo.

Barrie evitó la intensa mirada de Dawson. Escurrió el paño, le puso jabón y se lo dio a él.

—Toma, mejor sigue tú.

Dawson rozó su mano y la miró.

—Por favor —susurró.

Barrie se mordió el labio.

—¡No puedo!

—¿Por qué? ¿Es repulsivo tocarme, mirarme?

Barrie se ruborizó.

—Nunca he... nunca he visto...

—¿Y no quieres? —le preguntó Dawson con ternura—. Sé sincera.

Barrie no respondió. Tampoco se movió. Dawson agarró la sábana y tiró de ella muy lentamente.

—Una vez hicimos el amor —dijo él con calma—. Tú fuiste parte de mí. No me avergüenza que me veas. Y también te digo que nunca he dejado que otra mujer me mire así.

Barrie se mordió el labio y lo miró. Lo vio, y no pudo apartar la mirada. Era algo... hermoso. Era como alguna de las estatuas que había visto en los libros de arte. Pero era real.

Con una sonrisa y una mueca cedió a su timidez y dejó que Dawson terminara la tarea.

—No te sientas mal —dijo Dawson con ternura una vez que volvió a cubrirse—. Creo que es un gran paso para los dos. Estas cosas llevan su tiempo.

Barrie asintió.

—¿Te das cuenta de que hicimos el amor pero nunca nos vimos desnudos el uno al otro?

—No deberías hablar de ello.

—Tú eras muy inocente, y yo fui un estúpido —dijo Dawson—. Te busqué como un lobo hambriento, y no me di cuenta de que no tenías experiencia hasta el último momento. Pero era algo que no podía aceptar, Barrie, porque aceptarlo significaba admitir que te hice daño, que te di miedo. Puede que mi cuerpo fuera más honesto que yo, no quería más mujer que tú, y sigo sin quererla. Con ninguna otra mujer puedo reaccionar como contigo.

Barrie lo miró a los ojos.

—Yo… tampoco deseo a nadie más —dijo con suavidad.

—¿A mí me deseas? ¿Eres capaz de desearme?

Barrie sonrió tristemente.

—No lo sé, Dawson.

Dawson le apretó la mano.

—Tal vez eso sea algo que tengamos que averiguar entre los dos cuando yo salga de aquí —dijo, y pareció que temía tanto como Barrie aquel momento.

Capítulo Siete

DAWSON abandonó el hospital tres días después del accidente. El médico insistió en que debía ser cauteloso en cuanto a volver a trabajar y que, si volvía a tener algún síntoma de dolor, se pusiera en contacto con él inmediatamente. Barrie no se sintió muy feliz de que lo mandaran a casa tan pronto, pero lo mejor era no dejar a un Dawson completamente recuperado con las manos vacías. Sin nada que hacer, hacía sentirse incómodo a todo el mundo.

Barrie, que llevaba una camiseta de punto y unos vaqueros, estaba con Dawson en el estudio. Dawson quería discutir con ella los términos del contrato de venta de tierras que había firmado con Leslie Holton y que había llegado por correo urgente aquella mañana.

—Al principio no quería vender. ¿Cómo la convenciste? —preguntó con irritación apenas contenida.

Dawson se recostó en la silla. Todavía tenía la frente morada y algunos puntos en el lado derecho de la cara.

—¿Cómo crees que la convencí? —dijo con una sonrisa.

Barrie no dijo una palabra, pero su gesto fue elocuente.

—Pues deja que te diga que tu conclusión es equivocada —dijo Dawson—. No puedo hacerlo con nadie más que contigo, Barrie.

Barrie se sonrojó.

—Eso no lo sabes.

—¿No? —dijo Dawson mirando el escote de Barrie—. Digamos entonces que no estoy interesado en saber si puedo hacerlo con alguien más.

—Estabas borracho —dijo Barrie.

—Sí, lo estaba. ¿Y tú crees que fue el whisky?

—Puede ser —dijo Barrie encogiéndose de hombros.

Dawson se levantó, miró a Barrie durante un segundo, y luego se acercó a la puerta y la cerró con pestillo.

—Vamos a verlo —dijo acercándose a ella.

Barrie se escondió detrás de un sillón de orejas. Tenía los ojos grandes como platos.

—¡No!

Dawson se detuvo.

—Tranquila, no voy a forzarte.

Barrie siguió detrás del sillón. No le quitaba los ojos de encima, como un animal perseguido.

Dawson se metió las manos en los bolsillos y la miró tranquilamente.

—Esto no va a llevarnos a ninguna parte —dijo.

Barrie se aclaró la garganta.

—Mejor.

—Barrie, han pasado cinco años —dijo Dawson con irritación. Después de la intimidad que había surgido entre ellos en el hospital, parecían haber vuelto a los viejos tiempos—. He sido medio hombre durante tanto tiempo que es como una revelación haber descubierto que todavía puedo hacer el amor. Lo único que quiero saber es si no fue una falsa alarma. Sólo quiero... asegurarme.

—Tengo miedo —dijo Barrie.

—No tenías miedo después de la pesadilla —le recordó Dawson—. Ni tampoco a la mañana siguiente. Tampoco en el hospital cuando me lavaste.

—No estabas... excitado cuando te quitaste la sábana —dijo titubeando.

—Eso es lo que me preocupa —dijo Dawson con voz grave—. Por eso quiero saber si... tengo que saberlo.

Había algo en la mirada de Dawson que hizo que Barrie se sintiera culpable. Su propio miedo dejaba de tener importancia al compararlo con la duda que atormentaba a Dawson. Era horrible para un hombre perder la virilidad. ¿Podía culparle por querer comprobar si la había recuperado?

Lentamente, se apartó del sillón y dejó los brazos sueltos a ambos lados del cuerpo. Después de todo, lo había visto completamente desnudo y había notado su excitación contra su cuerpo sin sucumbir a la histeria. Además, lo amaba y estaba vivo. De repente, recordó la imagen de Dawson aprisionado en el coche, con el rostro cubierto de sangre y lo miró con la mayor ternura del mundo.

Dawson observó el rostro de Barrie. Tenía las manos en los bolsillos y estaba quieto, a pesar de que se sentía violento ante la expresión de Barrie.

—¿Vas a quedarte ahí parado? —dijo ella al cabo de un rato.

—Sí —dijo Dawson mirándola a los ojos.

Al principio, Barrie no comprendió. Luego Dawson sonrió débilmente y se dio cuenta de lo que quería.

—Oh —exclamó Barrie—, quieres que te bese.

Dawson asintió pero siguió sin moverse.

Con aquella actitud logró que Barrie se sintiera menos insegura. Se aproximó tanto a él que podía sentir el calor de su cuerpo y oler el aroma de su colonia. Le acarició la mejilla y el labio inferior.

Dawson suspiró. Notaba que Barrie estaba tensa, sin embargo, siguió quieto.

Barrie sentía una gran curiosidad. Había algo intenso y profundo en los ojos de Dawson. Aunque no sabía qué era. No lo supo hasta que se apretó contra él.

—No era mentira —dijo Dawson entre dientes con una extraña voz—. No quiero que tengas miedo, así que, si quieres parar, ésta es tu última oportunidad.

Barrie vaciló, pero Dawson sacó las manos de los bolsillos y la agarró por la cintura. La atrajo contra sí con suavidad y la movió contra su vientre muy despacio.

De aquella manera no le daba miedo. Al contrario, se quedó fascinada por lo que sintió.

—Sí, ya ves que yo también soy vulnerable. Me tiemblan las piernas. ¿Lo sientes? —dijo Dawson atrayéndola aún más hacia sí para que pudiera darse cuenta de lo que decía—. ¿Puedes notar cuánto te deseo?

Barrie se sintió algo incómoda al oír aquellas intimidades. Se sonrojó, pero al querer apartar la mirada, Dawson la tomó por la barbilla y la obligó a mirarlo.

—Deja de tener miedo. No soy un monstruo —dijo Dawson con aspereza—. Perdí el control y te hice daño cuando más cuidado necesitabas, pero no volverá a suceder.

Barrie tragó saliva. Sentir el contacto del cuerpo de Dawson la ponía nerviosa, pero también la excitaba hasta el punto de desearle. Se vio presa de sensaciones confusas. Se sentía incómoda, pero al mismo tiempo estaba impaciente.

Dawson dio un largo suspiro, gimió y luego soltó una carcajada.

—¡Dios, qué bien me siento!

Se estremeció, la miró a los ojos y movió a Barrie contra sí mismo. Barrie siguió con un pequeño movimiento rítmico, pero de forma inconsciente. Dawson apretó los dientes y volvió a reírse.

—Ya había olvidado lo que era sentirse como un hombre.

El placer de Dawson afectaba a Barrie del modo más extraño. Apoyó la cabeza sobre su pecho, medio temerosa y medio excitada. Dawson la abrazó y ella también se estremeció.

—Tú también lo sientes, ¿verdad? —le preguntó Dawson al oído y agarrándola por las caderas, repitió el mismo movimiento rítmico. De modo que Barrie gimió—. ¿Te gusta estar indefensa? ¿Te gusta desearme y sentir que no puedes hacer nada por evitarlo?

Barrie se daba cuenta de la mezcla de resentimiento y ardiente deseo en las palabras de Dawson. La besó, apoyando los labios sobre los suyos, con una presión tierna, pero exigente y voraz, que la dejó perpleja.

Dawson, sin dejar de besarla, metió las manos debajo de la camiseta de punto y desabrochó el sujetador de seda. Luego apoyó ambas manos en sus pechos, acariciando los duros pezones. A Barrie le tembló todo el cuerpo y Dawson notó cómo gemía contra su boca. No podía parar. Le ocurría lo mismo que en Francia, lo mismo que aquella noche en la habitación de Barrie. Se daba cuenta de que estaba cayendo sin remedio en el torbellino del deseo, pero sabía que no podía luchar contra ello. Hacía años que no se había sentido como un hombre y en aquellos momentos era presa del más desesperado deseo que había sentido nunca, y tenía que satisfacerlo. La deseaba, la necesitaba y debía tenerla.

Muy lentamente le quitó la camiseta, sin dejar de besarla y mordisquearla, con la clase de besos que eran un preludio de una intimidad aún mayor. Barrie estaba tan excitada que no opuso la menor resistencia cuando Dawson le quitó la camiseta y el sujetador y los dejó caer sobre la moqueta. Le acarició los pechos desnudos y Barrie dejó escapar un suspiro.

—Son preciosos —susurró Dawson con ternura, consciente de que Barrie lo estaba mirando. La tomó por la cintura, la levantó del suelo y le besó los pezones—. Sabes a perfume y pétalos de rosa —dijo.

Barrie gimió y Dawson la miró a los ojos y vio en ellos la excitación y el placer. Reconoció en aquella expresión la angustia de la pasión, y supo que ya no podrían detenerse, aunque quisieran.

La echó sobre la moqueta, al lado del ventanal con vistas al jardín. El cuerpo de Barrie, bajo aquella luz, tenía un brillo nacarado. Se arrodilló junto a ella y lenta y suavemente le quitó el resto de la ropa, dejándola desnuda y temblorosa. La besó y la acarició, sin que ella deseara que parara.

Luego Dawson se desnudó, todavía con la incertidumbre de saber si su cuerpo reaccionaría. Había pasado muchos años de dolor y de sufrimiento. La miró y se estremeció al verla debajo de él, y tembló al ver la plenitud de su propia excitación.

Barrie, recobró el juicio por un instante y lo miró con un débil temor. Nunca había tenido una intimidad semejante. En la oscuridad de aquella noche de su pasado, apenas lo había visto. En aquel instante vio la magnitud de su excitación y se sonrojó.

—Voy a tener mucho cuidado —dijo Dawson.

Se echó junto a ella, reteniendo su propio deseo. Le apartó el pelo de la cara y se inclinó para besarla con ternura, apagando el torrente de palabras que pugnaba por salir de su boca. Barrie quería decirle que no había tomado ninguna precaución y preguntarle si él lo haría. Pero él la besó en los pechos y ella se arqueó, temblando de placer, y la última llamada de su razón se desvaneció.

Las lentas y dulces caricias y los besos de Dawson la relajaron. Contemplaba cómo la tocaba, oía sus suaves quejidos y susurros. Eran palabras cariñosas, que pronunciaba sin dejar de acariciarla. Le tembló el cuerpo y se ofreció a él. Se miraron mientras el placer alcanzaba un inesperado ardor y tembló en el borde del éxtasis cuando se puso sobre ella y empezó, muy lentamente, la unión de sus cuerpos.

—No te haré daño, nena. Trata de relajarte.

—Eres tan... tan...—titubeó—. ¿Y si no puedo...?

Dawson gimió, porque estaba perdiendo el control cuando había jurado no hacerlo. Pero no podía mantener su palabra, el tacto del cuerpo de Barrie era demasiado ardiente.

Se movió contra ella sin poder contenerse.

—Dios, Barrie, no te pongas tan tensa. Oh, nena, no puedo parar —dijo y deslizó la mano entre sus cuerpos, para acariciarla en su lugar más íntimo. Barrie respondió al

144

instante, sin remedio—. ¡Sí, sí, sí!

Barrie suspiró. Los movimientos de Dawson la estremecían de placer, eran como flechas que penetraban su cuerpo, ansioso por recibirlas.

Sintió una gran sensación de plenitud dentro de sí. Estaba vacía, pero al cabo de un instante, fue como si estallaran fuegos artificiales en su interior. Comenzó a moverse con un ritmo nuevo y desconocido. La sangre le corría más deprisa. Respiraba con dificultad, jadeaba. Sentía la cadera de Dawson contra la suya y el roce de su piel, mientras su cuerpo estaba cada vez más próximo. Casi no podía respirar. Le clavó las uñas en los brazos y abrió los ojos para mirar hacia su vientre y observar lo que le estaba ocurriendo.

—No, no mires —le dijo Dawson y le besó los párpados y luego la boca. No había apartado la mano y Barrie tenía unas sensaciones tan intensas que la cabeza le daba vueltas.

—¿Qué estás haciendo? —susurró ella temblando de placer.

—¿Dios mío... qué crees que estoy haciendo? —dijo Dawson temblando, empujando con tal fuerza que el sol se ocultó sobre los párpados de Barrie que sintió una oleada de placer tan intenso que tuvo que sollozar como una niña.

Ya no le importaba saber lo que le estaba haciendo. Se movía con él, al mismo ritmo. Su cuerpo estaba ardiente y lleno. Sintió que se abría a un empuje que era extraño y familiar al mismo tiempo.

Dawson no dejaba de besarla. Barrie estaba inmersa en un ritmo que aumentaba el empuje y la plenitud cada vez más. Llegó un momento en que no le bastó sentirse llena. Notó un empuje aún mayor y oyó el gemido de angustia de Dawson. Ella también gimió y su propia voz le pareció extraña. De repente sintió una extraña sensación que la recorrió de la cabeza a los pies y se puso rígida por un instante, para dejarse llevar por la más increíble oleada de ardiente placer que nunca había conocido.

Notó que sus músculos más íntimos se relajaban y su cuerpo cayó en rítmicas contracciones que amenazaban con partirla en dos. Y aunque la llevaron a un éxtasis con el que jamás había soñado, la sensación que había alcanzado desapareció y dejó paso a otra aún más intensa…

Gritó, temblando, sollozando, ahogándose en el placer.

Abrió los ojos y miró a Dawson. Tenía la mandíbula apretada y parecía haber perdido el control. De repente, la presión que sentía en su interior estalló y Dawson gritó y se puso tenso y se convulsionó ante la fascinada mirada de Barrie. Dawson gimió en una incontenible expresión de placer. Se arqueó y le temblaron los brazos. Se estremeció varias veces. Barrie no dejaba de mirarlo.

Dawson se dio cuenta y odió los ojos que lo miraban, odió a Barrie a pesar de que el mundo estallaba bajo su cuerpo. Había visto a muchas mujeres abandonarse al éxtasis, sin control, pero nunca había permitido que alguna mujer viera que a él le ocurría lo mismo. En aquel instante estaba indefenso y Barrie podía verlo. Podía ver lo que realmente sentía.

Fue como si la habitación se desvaneciera en la violencia de su acto. Luego pasó algún tiempo antes de que pudiera abrir los ojos. Tenía la mejilla apoyada sobre el pecho de Barrie y estaba temblando. Barrie respiraba trabajosamente. Dawson sentía su piel fría, el tacto de sus manos sobre su pelo y la oía murmurar algo. La maldijo una y otra vez.

Cuando Dawson pudo moverse de nuevo, levantó la cabeza y miró a Barrie con una furia apenas contenida.

—Te he visto mirándome —dijo entre dientes—. ¿Te ha gustado lo que has visto? ¿Te ha gustado verme perder el control hasta el punto de tener que apartar la cara?

Después de la intimidad que habían

compartido, Barrie se quedó perpleja al oír aquellas palabras. No podía entender su ira, el desprecio que desprendía su mirada.

Dawson respiró profundamente y comenzó a levantarse, pero ella odiaba abandonar aquella proximidad, la unidad que habían compartido. Lo abrazó con tal fuerza que le clavó las uñas.

—¡Dawson, no! —susurró.

Dawson se detuvo.

—¿Qué ocurre? —preguntó.

—Me haces daño cuando te mueves —dijo Barrie.

Dawson susurró algo que la ruborizó y continuó retirándose, esta vez poco a poco. Era incómodo, pero no doloroso.

Barrie observó cómo se levantaba y se sonrojó de la cabeza a los pies.

A Dawson le temblaban los músculos, y no pudo evitar que volvieran los recuerdos de la noche de Francia. Había vuelto a hacerle daño.

Comenzó a vestirse. Odiaba su sensación de desamparo. Era igual que su padre, pensó, una víctima de su incontrolable deseo. Se preguntaba si Barrie tenía alguna idea del pavor que le daba estar a merced de una mujer.

Barrie no entendía la frialdad de Dawson, pero el orgullo acudió en su ayuda. No podía soportar pensar en el riesgo que había corrido al hacer el amor sin ninguna precaución o en las cosas que él le había dicho. Lo había recibido sin pensar en el futuro, como un cordero que va al matadero, igual que cinco años antes. ¿Es que no aprendería nunca? Se preguntó amargamente.

Se puso en pie y comenzó a vestirse torpemente. Dawson se dio la vuelta, incapaz de verla. Era igual que su padre, un esclavo de su deseo. Y ella lo había visto así, vulnerable y desamparado.

Barrie terminó de vestirse y se acercó a él. Se mordió el labio hasta que se hizo sangre.

—Dawson.

Él no podía verla. Estaba mirando por la ventana con las manos metidas en los bolsillos.

Barrie sintió frío y se frotó los brazos. Era imposible no entender la actitud de Dawson, incluso aunque no lo quisiera.

—Ya veo —dijo con calma—. Sólo querías saber si... podías. Y ahora que lo sabes yo soy un engorro, ¿no es eso?

—Sí —dijo Dawson.

Barrie no esperaba aquella respuesta. Su mirada se ensombreció de repente. El reloj del tiempo la había devuelto a Francia. La única diferencia era que aquella vez no le había hecho daño. Pero se sentía tan utilizada como entonces.

Poco quedaba que decir. Lo miró y se dio cuenta que el amor que sentía por él desde los quince años no había disminuido ni un ápice. Sólo que por fin sabía lo que el amor físico significaba verdaderamente. Se había abandonado a él, ahogándose en el deseo que él sentía, dándole más de lo que le pedía. Pero aún así, a él no le había bastado y sabía muy bien que nunca le bastaría. Se daba cuenta de que Dawson odiaba el deseo que sentía por ella. La deseaba, pero contra su voluntad, igual que cinco años antes. Puede que también la odiara por ser el objeto de su deseo. Qué ironía que fuera impotente con las demás mujeres. Qué tragedia.

Sabía que todos sus esfuerzos por hablar con él serían en vano, así que se dirigió a la puerta, quitó el pestillo y la abrió. Dawson no se apartó de la ventana ni se volvió a mirarla cuando ella se marchó.

Se dio un baño y se cambió de ropa. Sentía tanta vergüenza que no se atrevía a mirarse al espejo. Había otro hecho al que tenía que enfrentarse. Dawson no había tomado ninguna precaución y ella había sido tan ingenua como para exponerse al riesgo de quedarse embarazada. De haber tenido algo de sentido común, habría dejado que Dawson siguiera dudando de su masculinidad y se habría marchado antes.

Tardó pocos minutos en hacer las maletas. Rodge y Corlie estaban ocupados en sus respectivas tareas, así que no la vieron ni la oyeron salir. Tampoco Dawson que seguía maldiciéndose por su falta de control y de orgullo.

No se dio cuenta de que Barrie se iba hasta que oyó el coche. Llegó a la puerta principal a tiempo de verla tomar la carretera de camino a Sheridan.

Por unos segundos lo único que sintió fue angustia y lo primero que pensó fue en salir por ella y traerla de vuelta. Pero, ¿qué conseguiría con ello? ¿Qué le diría? ¿Que había cometido un error, que dejarse llevar por la pasión que sentía por ella había sido una locura y que esperaba que no vivieran para lamentarlo?

Cerró la puerta y apoyó la frente en ella. Había querido saber si seguía siendo un hombre y ya sabía la respuesta, pero sólo lo era con Barrie. No deseaba a ninguna otra mujer. Sentía por su hermanastra un deseo devastador que le hacía sentirse desamparado y vulnerable. Si ella llegaba a saber lo mucho que la deseaba, podría utilizarlo, herirlo y destruirlo.

No quería darle a nadie el poder que su padre le había dado a la madre de Barrie. Había llegado a ver a su padre rogar de rodillas. Barrie no sabía que su madre había utilizado el deseo que George Rutherford sentía para conseguir cuanto quería, pero él lo sabía muy bien. Una mujer con aquel poder sólo podía abusar de él, sin poder evitarlo. Y Barrie tenía muchos años de crueldad que vengar como para no hacerlo.

Barrie pensaría que él sólo había querido probar que seguía siendo un hombre. Pues que lo pensara, así no tendría la oportunidad de aprovecharse de él, como había hecho su madre. Ni siquiera llegaría a saber que hacer el amor con ella había sido lo más maravilloso que le había ocurrido en su vida, que le había dado un placer que nunca había soñado con vivir. Que habían caído todas las barreras, todos los temores, todas las cautelas.

Que se había entregado a ella plenamente.

Apretó los puños. Sólo ante sí mismo podía admitir aquella idea. Era la primera vez en su vida que había sido capaz de abandonarse por completo al gozo del placer físico, lo que tal vez se debía a la forzosa abstinencia que había sufrido tanto tiempo. Sí, aquella debía ser la única razón.

Por supuesto, ella también había disfrutado. El placer que había experimentado, a pesar de su miedo inicial, lo conmovía. Al menos de eso podía sentirse orgulloso, había cerrado las heridas que en Francia le había causado.

Aunque tal vez fuera peor para ella, pues sabía el placer que podía alcanzarse una vez pasado el dolor. Y tal vez se sintiera aún más dolida por su rechazo después de haberse entregado tan completamente. Al principio, Dawson sólo pensó en su orgullo, pero también tenía que considerar las nuevas heridas que le había infligido a Barrie. ¿Por qué no la había dejado marchar cuando todavía podía hacerlo? Dawson profirió un sonoro gruñido.

—Dawson —dijo Corlie entrando en el estudio—. ¿Es que Barrie y tú no vais a comer?

—Barrie se ha ido —dijo Dawson dándole la espalda.

—¿Que se ha ido? ¿Sin despedirse?

—Ha sido... una emergencia —dijo Dawson e inventó una excusa—. Una amiga de Tucson la ha llamado para que la ayude con el proyecto de un nuevo colegio. Dijo que más tarde te llamaría.

Dawson sabía que Barrie llamaría, porque quería mucho a Corlie y a Rodge y no querría herir sus sentimientos, aunque estuviera furiosa de él.

Corlie estaba intrigada, porque Dawson tenía una expresión ceñuda, pero no se atrevió a preguntarle más porque no era nada agradable discutir con Dawson cuando estaba enfadado.

—Vaya —dijo—. Bueno, ¿quieres ensalada y unos bocadillos?

—Café solo. Yo voy por él.

—Habéis discutido, ¿verdad?

Dawson suspiró y se dirigió a la cocina.

—No me hagas preguntas, Corlie.

Corlie tuvo que reunir toda su buena voluntad para hacer lo que Dawson le pedía. Había ocurrido algo malo. Ya averiguaría qué.

Mientras tanto, Barrie estaba de camino a Arizona. Se detuvo en un café, sabiendo que Dawson no la seguía.

Pidió sopa y un café y se sentó. Apenas probó la sopa, se dedicó a pensar en lo estúpida que había sido. ¿Cómo no se había dado cuenta de que Dawson quería su cuerpo pero no su corazón? Aquella era la segunda vez que le sucedía. La primera se había quedado embarazada, ¿cómo podía sucederle lo mismo después de una experiencia tan placentera?

Se acarició el estómago, cerró los ojos y

soñó durante unos segundos. Imaginó que tenía un niño de Dawson en las entrañas. Sería maravilloso volver a estar embarazada. De alguna manera, se las arreglaría para tener al niño. No lo perdería.

Abrió los ojos y volvió a recuperar el sentido común. Estaba fantaseando. No estaba embarazada, y aunque así fuera, ¿qué podría hacer? Dawson no la quería, se dijo, negándose a recordar su angustia al conocer que ella había perdido un hijo suyo.

Volvería a Tucson y olvidaría a Dawson. Ya lo había hecho una vez, así que podía hacerlo de nuevo.

Capítulo Ocho

PERO no era tan fácil olvidarlo. Había empezado por no poder desayunar a la mañana siguiente a su regreso, como sucediera en Francia cinco años atrás. Sufrió un mareo, ¡ella, que nunca en su vida se mareaba! Pero llevaba en su casa dos semanas y los mareos no habían cesado. Aquello era el fin, pensaba mientras se lavaba la cara, era el colmo que pudiera quedarse embarazada de él de una forma tan fácil.

¿Qué podía hacer? No le había dicho a ninguno de sus amigos que había vuelto a Tucson, así que no recibía llamadas telefónicas. No tenía que preocuparse por buscar trabajo para el verano porque, aparentemente, Dawson había firmado el contrato con Leslie Holton y el rancho de Bighorn le seguiría dando dividendos.

Se fijó en la sortija de esmeralda. No había querido llevársela consigo, pero cuando se marchó del rancho tenía otras cosas en qué pensar y se le olvidó quitársela. Tendría que devolvérsela. La acarició y suspiró al pensar en lo que aquella sortija habría significado en otras circunstancias. Qué maravilloso habría sido que Dawson le hubiera regalado una sortija así años atrás, si la hubiera comprado por amor y le hubiera pedido que se casara con él. Era un sueño muy hermoso, pero ella tenía que hacer frente a la realidad.

Se arrebujó en el sofá, un poco mareada todavía, y comenzó a tomar decisiones. Podría seguir trabajando como profesora, aunque teniendo en cuenta sus circunstancias lo veía muy difícil. Sería una madre soltera, lo que no era muy bien visto en la profesión que desempeñaba. ¿Y si perdía el trabajo? El dinero que recibía del rancho la ayudaba, pero por sí solo no era suficiente. No, no podía arriesgarse a perder su trabajo, tendría que cambiarse de casa, inventar un marido ficticio que la hubiera abandonado, que hubiera muerto.

Profirió un grave gemido, luego abrió los ojos de repente. Llamaban a la puerta.

Abandonó sus recuerdos y se levantó, balanceándose mientras iba a abrir. No quería recibir ninguna visita, ni siquiera quería hablar. Apoyó la frente en la puerta y miró a través de la mirilla. Se quedó helada.

—¡Vete! —dijo, herida en el corazón al ver a Dawson al otro lado de la puerta.

—Por favor, déjame entrar —dijo Dawson con la mirada fija en la puerta.

Cuando Dawson entró, Barrie ni siquiera

lo miró. Cerró la puerta y fue a sentarse en el sofá. Dawson se quedó de pie, con las manos en los bolsillos de su chaqueta gris, mirándola. Barrie no llevaba maquillaje y tenía unas ojeras muy reveladoras.

—Lo sé —dijo Dawson—. Sólo Dios sabe cómo, pero lo sé.

Barrie lo miró, se encogió de hombros y se tomó las manos. Estaba descalza y llevaba un vestido holgado. Probablemente, Dawson también sabía que había sufrido mareos.

Dawson dejó escapar un largo suspiro y se sentó en el sofá que había frente al de Barrie, apoyó las manos en las rodillas y se inclinó hacia delante.

—Tenemos que tomar algunas decisiones —dijo al cabo de un minuto.

—Ya me las arreglaré —respondió Barrie secamente.

—Eres profesora y vas a tener muchas dificultades en el trabajo, puede que llegues a perderlo —dijo y observó el brillo hostil de sus ojos verdes—. Quiero a ese niño. Lo quiero con toda mi alma, y tú también. Ésa tiene que ser nuestra primera preocupación.

Barrie no podía creer lo que estaba ocurriendo, no podía creer que él estuviera tan seguro de que estaba embarazada.

—Hay que esperar seis semanas y sólo han pasado dos —dijo con algún aturdimiento.

—Los dos lo sabíamos cuando hicimos el amor —dijo Dawson entre dientes—. Los dos. Yo no tomé ninguna precaución y sabía que tú tampoco. No fue un accidente.

Aquello era algo que Barrie sabía, así que no trató de negarlo.

—Tenemos que casarnos —dijo Dawson.

Barrie se rió amargamente.

—Gracias, con lo que escasean las propuestas matrimoniales últimamente, te lo agradezco mucho.

El rostro de Dawson estaba tenso e inescrutable.

—Piensa lo que quieras. Yo me ocuparé de todo. Podemos casarnos en Sheridan.

Barrie lo miró con furia.

—No quiero casarme contigo —dijo.

—Yo tampoco quiero casarme contigo —le replicó Dawson—. Pero quiero a ese niño lo bastante como para hacer cualquier sacrificio, incluso vivir con una mujer como tú.

Barrie se puso en pie de un salto. Temblaba de rabia y de odio.

—¡Si crees que voy a...! —le gritó, y de repente sintió náuseas en la garganta y en la boca—. ¡Oh, Dios! —exclamó, y corrió al baño.

Llegó justo a tiempo. Al menos había tenido la satisfacción de ver una expresión culpable en el rostro de Dawson, al darse cuenta de lo que había causado. Esperaba que sufriera por ello.

Oyó pisadas y un grifo abierto. Luego Dawson le puso una toalla mojada en la frente hasta que pasó el mareo. Dawson se comportaba de un modo tan eficaz como siempre, Barrie apenas se daba cuenta de su presencia. La ayudó a lavarse la cara, la levantó en brazos y la llevó a la habitación. La echó en la cama y le puso dos almohadas bajo la cabeza. Fue por un vaso de agua fría y le ayudó a beber. El agua fría calmó su estómago revuelto.

Dawson estaba sentado en el borde de la cama. Acarició la cabeza de Barrie y la observó con expresión de culpa. Había intentado estar lejos de ella, mantenerse a distancia, pero las dos semanas anteriores habían sido un auténtico tormento. Las había pasado yendo de rancho en rancho, revisando los libros y el ganado, pero de nada había servido. Había echado de menos a Barrie como nunca antes, y, de alguna extraña manera, supo que estaba embarazada. Por eso había ido a buscarla. Por eso y por los sentimientos que no quería tener pero tenía hacia ella.

—Lo siento —dijo lacónicamente—. No quería decir eso.

—Sí que querías. Lo que no quieres es estar aquí. Pero yo no voy a casarme con ningún hombre que tenga la opinión de mí que tienes tú.

Dawson se miró las manos durante largo rato, sin hablar. Tenía una expresión severa en el rostro.

Barrie se puso las manos sobre los ojos.

—Me siento muy mal —dijo.

—¿Estuviste tan mal... al volver de Francia? —le preguntó Dawson.

—Sí. Me puse así a la mañana siguiente, como ahora. Por eso sé que estoy embarazada —dijo Barrie cansinamente y sin abrir los ojos.

Dawson la observaba. Hizo una mueca al comprobar la fatiga que revelaba cada uno de sus rasgos y la postura de su cuerpo. Casi sin darse cuenta, le puso la mano en el vientre y presionó ligeramente.

Barrie se movió, sorprendida por la caricia de Dawson y abrió los ojos. Dawson se había ruborizado.

Él la miró. Su rostro no tenía la menor expresión, pero sus ojos brillaban intensamente.

—¿Por qué? —dijo Barrie, y comenzó a llorar—. ¿Por qué? ¿Por qué...?

Dawson la abrazó y la estrechó contra sí, apretando la mejilla de Barrie contra su pecho. Barrie lloró y él la meció en sus brazos.

—No llores —dijo Dawson—. Vas a ponerte peor.

Barrie cerró el puño sobre el pecho de Dawson. No podía recordar haberse sentido tan triste en su vida. Dawson la había dejado embarazada y pensaba casarse con ella, para que su hijo tuviera un padre, pero en el fondo la odiaba. ¿Qué clase de vida los esperaba?

Barrie podía oír la agitada respiración de Dawson, que no dejaba de acariciarle el pelo.

—No tenemos muchas opciones —dijo con calma—. A no ser que quieras interrumpir el embarazo antes de que empiece —añadió con frialdad.

Barrie rió con amargura.

—No puedo matar a una mosca y tú crees que...

Dawson le puso un dedo en la boca para impedirle continuar.

—Sé que no puedes hacerlo, como yo tampoco puedo —dijo Dawson y echó hacia atrás a Barrie para mirarla a los ojos—. Tú y yo somos iguales. Yo ataco y tú me devuelves el golpe. En realidad, nunca me has tenido miedo, excepto en una cosa. Y ahora ya ni siquiera en eso me tienes miedo, ¿verdad? Ahora sabes lo que hay mas allá del dolor.

Barrie trató de apartarse de él, pero no la dejó.

Los pálidos ojos de Dawson tenían un brillo extraño, lleno de ira y desprecio. La agarró del pelo y tiró hacia atrás.

—Me haces daño —dijo Barrie.

Dawson aflojó un poco el puño. Le latía con fuerza el corazón, que Barrie podía sentir contra sus senos. Y también podía sentir algo más, la creciente excitación de su cuerpo y su instantánea reacción.

Dawson rió con amargura.

—Estaba tan excitado que no pude retroceder, ni protegerte. Casi no podía ni respirar —dijo Dawson con una voz dominada por el desprecio que sentía por sí mismo—. Quiero verte tan vulnerable como tú me viste a mí. Quiero que supliques que te haga el amor. Quiero verte tan loca de deseo que no puedas seguir viviendo si no te hago el amor.

Dawson le estaba diciendo algo más, algo más que no se decía con palabras. En sus ojos brillaban la amargura y el desprecio por sí mismo. Y el miedo.

«Miedo», se dijo Barrie.

Dawson no se daba cuenta de lo que estaba diciendo. La ira se había apoderado de él.

—Crees que puedes dominarme, ¿verdad? —le dijo mirando su boca—. ¡Crees que puedes tenerme a tu merced, hacer lo que tú quieras sólo porque te deseo!

Barrie no pronunció palabra. Estaba abrumada por lo que estaba descubriendo. Ni siquiera volvió a quejarse porque la tiraba del pelo. Permaneció entre sus brazos, escuchando tan sólo, fascinada.

—No soy tu juguete —prosiguió Dawson—. No voy a ir corriendo cuando llames ni a seguirte como un perro.

Qué extraño, pensaba Barrie, que no sintiera ningún temor en aquellos momentos, ante la feroz mirada de Dawson.

—¿No quieres hablar?

—¿Qué quieres que diga? —le preguntó con suavidad mirándole a los ojos.

Ante la tranquila voz de Barrie, Dawson se calmó un poco. Aflojó el puño e hizo una mueca, como si sólo en aquel instante se diera cuenta de que había perdido el control. Apretó la mandíbula y el ritmo de su respiración se tranquilizó.

—Te pusiste furioso porque te miré —dijo Barrie.

Dawson se sonrojó y, aunque sin abandonar su rabia, pareció más vulnerable. Barrie le acarició tímidamente la mejilla. Estaba completamente tranquila. Se colgó del cuello de Dawson y le acarició la comisura de los labios.

—¿Por qué no querías que te mirase? —le preguntó con ternura.

Dawson no dijo nada. Su respiración era cada vez más agitada.

—¡Por Dios! ¿No es eso en lo que consiste el sexo? —dijo Barrie—. Quiero decir, ¿no consiste en dejar las inhibiciones y darlo todo?

—Para mí no —dijo Dawson—. Yo nunca lo doy todo.

—Claro, claro. De lo que se trata es de que sea la mujer la que pierda sus inhibiciones, de que se humille para que...

—¡Cállate! —exclamó Dawson apartando a Barrie y poniéndose de pie. Se metió las manos en los bolsillos y fue hasta la ventana, apartando las cortinas con brusquedad.

Barrie se sentó en la cama, se apoyó en las manos. Miraba a Dawson como si lo hubiera comprendido todo y hubiera llegado a una sombría conclusión.

—Por eso me despreciaste en Francia —dijo—, porque habías perdido el control.

Dawson dio un largo suspiro y apretó los puños con fuerza.

—Nunca te había ocurrido —prosiguió Barrie sabiendo que estaba en lo cierto—, con ninguna otra mujer. Por eso me odias.

Dawson cerró los ojos. Casi era un alivio que Barrie se hubiera dado cuenta de la verdad. Se relajó, como si se hubiera librado de una pesada carga.

Barrie tuvo que recostarse sobre las almohadas otra vez. Se sentía muy débil. Dawson no había admitido nada, pero sabía que había dado en el clavo. Siempre lo había entendido sin necesidad de palabras, ¿por qué no se había dado cuenta antes de que no era a ella a quien estaba castigando con su crueldad? Se castigaba a sí mismo, por perder el control de sus sentidos, por desearla tan desesperadamente que no había podido contenerse.

—Pero, ¿por qué? —continuó Barrie—. ¿Es tan terrible querer a alguien así?

Dawson apretó la mandíbula.

—Un día los vi en el vestíbulo —dijo con voz grave y profunda—. Lo estaba seduciendo, como siempre hacía, tentándolo sin darle nada. Lo hacía para conseguir todo lo que quería, para que él hiciera lo que ella quería que hiciese.

—¿Ella? —preguntó Barrie perpleja.

Dawson prosiguió, como si no la hubiera oído.

—Aquel día quería que le comprara un coche. Tenía el capricho de tener un deportivo, pero él no quería desprenderse de su lujoso sedán. Así que lo tentó y luego le dijo que no dejaría que la tocara a no ser que comprara aquel coche. Él se lo pidió por favor, le suplicó. Se puso a llorar como un niño... Al final no pudo contenerse, la empujó contra la pared y...

Apoyó la frente en el cristal de la ventana. Aquel recuerdo le estremecía.

—Ella se rió de él. Él estaba a punto de violarla, allí mismo, en mitad de la casa, casi delante de todos, y ella no paraba de reírse —dijo Dawson, y se volvió. Estaba muy pálido—. Me fui antes de que me vieran y me puse enfermo. No puedes imaginar cuánto la odiaba.

Barrie tuvo un horrible presentimiento. Muchas veces había visto a su madre tentar a George Rutherford, aunque no había pasado de las palabras. Y alguna que otra vez la había oído decir algo de él. Pero nunca había tenido una relación estrecha con ella y había pasado muy poco tiempo en casa, primero porque estaba en un internado en Virginia y luego en la universidad. Siempre había mantenido las distancias con ella, igual que con Dawson. Así que apenas sabía nada del segundo matrimonio de su madre.

—Era... mi madre —dijo con pesadumbre.

—Tu madre —replicó Dawson—, y mi padre. Lo trataba como a un perro, y él la dejaba.

La respiración de Barrie podía oírse con claridad. Miró a Dawson y se puso pálida. En su mirada podía verse todo lo que sentía, recordaba y odiaba en el mundo.

167

Barrie comprendió. Todo había cobrado sentido. Bajó la mirada. Pobre Dawson, ser testigo de algo así, ver al padre que adoraba humillado una y otra vez. Sin duda por eso rechazaba sus sentimientos por Barrie. No quería estar a su merced porque temía que ella lo tratara como su madre había tratado a George. No podía saber que lo amaba tanto que jamás podría causarle un daño semejante, y, por supuesto, no confiaba en ella porque no la quería. No sentía otra cosa que una apasionada atracción física que sobrepasaba los límites de la razón, y además la consideraba una debilidad insoportable. Veía el amor como un arma en manos de la mujer.

—Lo siento —dijo—. No lo sabía.

—¿Cómo podías no saberlo? ¡Era tu madre!

—Nunca me quiso —confesó Barrie. Era la primera vez que hablaba de su madre con él o con cualquier otra persona—. Una vez me dijo que si el aborto hubiese sido legal en aquel tiempo, nunca me habría tenido.

Dawson se quedó helado. Frunció el ceño y la miró.

—Santo Dios —dijo.

Barrie se encogió de hombros.

—Mi padre sí me quería —dijo con orgullo.

—Murió cuando eras muy joven, ¿verdad?

—Sí.

—Tú tenías quince años cuando se casó con mi padre. ¿Con cuántos hombres estuvo antes de casarse con él?

Barrie se mordió el labio e hizo una mueca de dolor.

—Deja de morderte el labio —dijo Dawson con impaciencia.

Barrie se acarició el labio con un dedo.

—¿Quieres saber si tenía amantes? —dijo Barrie mirándole a los ojos—. Y, por eso tú pensabas que yo también los tenía.

Dawson asintió, se acercó a Barrie y se sentó en la silla que había junto a la cama. La fatiga se dibujaba en su rostro y en sus ojos.

—Era una zorra —dijo.

—Sí —admitió Barrie sin ofenderse—. Tú querías mucho a tu padre.

—Lo intenté —dijo Dawson escuetamente—. Ella apareció cuando empezábamos a entendernos. Después, ya no le quedó tiempo para mí. No hasta que se estaba muriendo.

Al cabo de un rato, Dawson respiró profundamente y volvió a mirarla a los ojos.

—Estás más delgada —dijo.

—Desde que dejé el rancho he comido muy mal —confesó Barrie, y se sonrojó al recordar las circunstancias en que se había marchado.

—Aquel día, yo tampoco pude comer —dijo Dawson apartando la mirada—. No debí dejar que te marcharas así, sin decirte nada.

—¿Y qué podías haber dicho? Me sentí utilizada...

—¡No! —exclamó Dawson—. No vuelvas a decirme algo así jamás. ¡Utilizada! ¡Dios mío!

—¡Como quieras, pues manipulada! —replicó Barrie apartándose el pelo de la cara—. ¿No era así como querías que me sintiera?

—¡No!

Barrio lo miró fijamente.

—¡Maldita sea! —exclamó Dawson haciendo un ademán.

—Sólo querías saber si podías hacer el amor —murmuró—. Eso dijiste.

Dawson se cubrió la cara con las manos y se acarició el pelo.

—No sólo quería saber si podía hacer el amor, también quería saber si sentiría placer. Sólo contigo he llegado a sentir un orgasmo.

—¿Qué?

Dawson la miró.

—Sólo lo he sentido en Francia, y el otro día.

—Pero si tienes treinta y cinco años.

—¡Soy un reprimido de todos los demonios! Nunca me ha gustado perder el control con una mujer, así que nunca me permití sentir nada... nada como eso —dijo Dawson con cierta incomodidad—. De vez en cuando siento algún placer.

Barrie estaba perpleja por lo que oía. Dawson estaba admitiendo, de un modo indirecto, que nunca se había sentido completamente satisfecho con una mujer hasta estar con ella.

La timidez de Barrie logró que Dawson abandonara su irritación. La miró con una sincera curiosidad.

—¿Tú también te sentiste igual? —le preguntó.

Capítulo Nueve

BARRIE no sabía cómo responder a aquella pregunta. Sentía temor y vergüenza.

Dawson se tranquilizó al ver su expresión. Todavía no había sonreído o actuado como si quisiera aprovecharse de él después de su abierta confesión.

Se echó hacia atrás y cruzó las piernas.

—Bueno, bueno. Eso sí que es ponerse colorada. ¿Te da vergüenza? —dijo con cierto tono burlón.

—Sí —respondió Barrie mordiéndose el labio.

Dawson se levantó, se sentó a su lado y le puso un dedo en el labio para que dejara de mordérselo. Le acarició la mejilla con ternura sin dejar de observarla.

—Yo también —confesó inesperadamente—. Pero puede que lo estemos porque nunca hemos hablado sinceramente.

—Creo que tú ya has dicho bastante —murmuró Barrie.

Dawson dejó escapar una larga exclamación de asombro.

—Minifaldas —dijo—, seda, cuatro novios

a la vez, escotes. Y nunca se me ocurrió que todo era fingido. Qué mojigata.

—¡Mira quién está llamando mojigata a quién! —dijo Barrie con furia.

—¿Quién? ¿Yo? —exclamó Dawson con asombro.

—Sí, tú —dijo Barrie con nerviosismo—. Me has hecho pasar un infierno, me has humillado, avergonzado, y todo porque abrí los ojos a destiempo. Y ni siquiera podía mirarte, porque lo que sentía era tan dulce que...

Barrie se interrumpió al darse cuenta de lo que estaba admitiendo.

Pero si ella se sentía incómoda, él no. La expresión de su rostro cambió como por encanto y su cuerpo se relajó.

Luego dejó escapar un largo suspiro.

—Gracias —dijo con voz grave.

Barrie no supo cómo entender aquello.

—¿Por qué? —dijo.

Dawson bajó la mirada.

—Por hacer el recuerdo soportable —dijo.

—No te comprendo.

—Yo creía que me mirabas porque querías verme frágil y vulnerable.

Los ojos de Barrie se colmaron de lágrimas. Siempre había creído que Dawson era invulnerable, el hombre que tenía ante sí era desconocido para ella. Era un hombre que había conocido el dolor, la pena y la humillación. Se preguntaba si lo que le había confesado sería tan sólo la punta del iceberg, si aún tenía muchos recuerdos dolorosos. Seguramente aquella amargura en su relación con las mujeres no se debía sólo a la relación de su madre con George Rutherford.

Con vacilación le tocó la mano, ligeramente, preguntándose si le permitiría tocarle.

Aparentemente, así era. Dawson abrió la mano y entrelazó sus dedos a los de Barrie. Luego se giró y la miró a los ojos.

—Así que no puedes matar a una mosca, ¿eh? —le preguntó con suavidad—. Ya sé que no. Recuerdo que una vez diste un grito cuando viste a una culebra atrapada en la carretilla que utilizabas para limpiar el jardín, y que la moviste para que pudiera escapar.

A Barrie le gustaba que tuvieran las manos entrelazadas.

—No me gustan las serpientes —dijo.

—Lo sé.

Barrie frotó los dedos contra los suyos y lo miró a los ojos.

Dawson hizo un gesto de asombro.

—No te sientes muy segura conmigo después de todos estos años, ¿verdad?

Barrie sonrió.

—Nunca sé cómo vas a reaccionar —confesó.

—Dime lo que sentiste cuando hicimos el

amor en mi estudio —dijo Dawson mirándola a los ojos.

Barrie se sonrojó y trató de apartar la mirada, pero Dawson no estaba dispuesto a dejar que evitara la respuesta.

—Hemos llegado demasiado lejos como para que haya secretos entre nosotros —dijo Dawson—. Vamos a casarnos. ¿Te hice daño al retroceder?

Barrie agachó la mirada.

—Dímelo —le pidió Dawson.

—Oh, no. Sentí tanto placer que pensé que me moría. Abrí los ojos y te vi, pero apenas era consciente. Luego quisiste retirarte, pero había sido tan dulce que yo quería que siguieras dentro de mí, así que me resistí... —dijo Barrie, y tragó saliva.

Barrie podía oír la respiración de Dawson.

—Debiste decirme lo que querías.

—No podía. Yo creía que me odiabas.

Dawson profirió un gruñido y apretó la mano.

—Me odiaba a mí mismo —dijo con aspereza—. Me he odiado desde que estuvimos en Francia, cuando me metí en tu habitación y prácticamente te violé.

—No fue así —replicó Barrie—. Yo también te deseaba, sólo que no te conocía.

—Eras virgen —dijo llevándose la mano

de Barrie a los labios y besándola ligeramente—. Pero te deseaba tanto que busqué excusas para irme a la cama contigo.

Barrie tenía una sensación cálida en su interior, como si él hubiera compartido algo muy íntimo con ella. Y lo había hecho. Ciertamente, su pérdida de control era parte del problema, junto al recuerdo de su madre humillando al padre de Dawson.

Barrie le acarició el cabello con ternura.

—Después de perder... al niño —dijo—, el médico me dijo que debía haberme hecho un examen ginecológico antes de tener relaciones. Yo estaba... casi intacta.

—Ya me di cuenta —murmuró Dawson, complacido con la caricia de Barrie en su pelo.

—Dawson, no puedo hablar de esto —dijo Barrie sonrojándose.

Dawson se inclinó y le acarició la frente con la mejilla.

—Sí puedes —susurró—. Porque yo tengo que saberlo. En el estudio, cuando perdí el control y te tomé, ¿te dolió?

Barrie se ruborizó al recordar la exquisita manera en que Dawson había perdido el control.

—No —respondió.

—¡Gracias a Dios! Yo odiaba a tu madre por lo que había hecho con mi padre —dijo

Dawson, y le acarició el pelo a Barrie—. Pero no era culpa tuya. Siento haberte hecho pagar por algo que no era culpa tuya, Barrie.

—¿Por qué nunca me contaste nada de lo que pasaba entre mi madre y George?

—Al principio, porque eras muy inocente con respecto al sexo. Luego se levantaron demasiadas barreras entre nosotros y se me hacía muy duro atravesarlas —dijo Dawson, y tomó la mano de Barrie y la puso sobre su pecho—. He vivido dentro de mí mismo durante la mayor parte de mi vida adulta. He guardado secretos que no he compartido con nadie. Era lo que quería, o al menos eso pensaba, pero ahora —dijo mirándola a los ojos—, los dos tenemos que dejar de huir. No se puede huir de un niño.

—¡Eso me gusta!

—Sí, ¿verdad? —dijo Dawson con una tierna sonrisa—. A mí también. ¿Qué ibas a hacer? ¿Irte e inventar un marido?

Barrie se sonrojó.

—Deja de leerme el pensamiento.

—Ojalá hubiera podido leerlo hace unos años. Nos habría ahorrado mucha tristeza. Todavía no sé por qué ni siquiera se me ocurrió que podías haberte quedado embarazada después de aquella noche en la Riviera.

—Puede que yo no fuera la única que trataba de huir.

Dawson cerró los ojos. Sí, él también había querido escapar, sin pensar en las consecuencias de sus actos. ¿Acaso Barrie le estaba culpando de algo? ¿Se estaba burlando? ¿Trataba de aprovecharse de él? No, ella no sabía cómo era su madre, ¿o sí? Trató de apartarse, pero Barrie lo retuvo, porque sabía muy bien por qué se sentía incómodo de repente.

—Hay una gran diferencia entre la ironía y el sarcasmo —le dijo—. El sarcasmo siempre se emplea para hacer daño, la ironía no. No voy a vivir contigo si te ofendes por cada cosa que diga.

—¿No crees que vas demasiado lejos? —dijo Dawson.

—De ninguna manera. Has pensado que me estaba burlando de ti, pero yo no soy mi madre y tú no eres tu padre —prosiguió Barrie con firmeza—. ¡No puedo ni matar a una serpiente y tú crees que disfrutaría humillándote!

Dicho de aquella manera, él tampoco podía. Barrie no tenía un instinto dañino. Nunca se le había ocurrido pensar que en realidad era tan dulce como su madre cruel, pero en aquellos momentos no tenía más remedio.

Volvió a apoyarse en el respaldo de la silla y la miró a los ojos.

—En realidad no te conozco —dijo al cabo de unos instantes de silencio—. Nos hemos evitado durante años. Como tú me dijiste, nunca hemos hablado de verdad hasta estas últimas semanas.

—Lo sé.

Dawson se rió.

—Supongo que tengo tantas heridas como tú.

—Pero parece que no tienes ninguna —replicó Barrie con los ojos fijos en él—. ¿Le diste a aquella mujer el ratón de plata que te regalé?

Dawson supo al instante a qué se refería.

—Lo tengo en un cajón de mi mesilla —dijo.

Barrie estaba sorprendida y complacida.

—Me alegro —dijo sonriendo tímidamente.

Dawson no le devolvió la sonrisa.

—Me arrepiento de muchas de las cosas que he hecho. Hacer que te sintieras como una estúpida por regalarme algo está a la cabeza de ellas. Me sorprendió que me hicieras un regalo después de cómo te trataba.

—¿Porque te hice sentirte culpable?

—Algo así. Puede que también me sintiera avergonzado. Yo nunca te regalé nada.

—Ni yo esperaba que lo hicieras.

Dawson le acarició el pelo.

—Está todo guardado en un armario —dijo.

—¿Qué está en un armario?

—Todos los regalos que te compré, pero no te di.

El corazón de Barrie comenzó a latir muy deprisa.

—¿Qué regalos?

Dawson se encogió de hombros.

—El collar de esmeraldas que te gustaba cuando tenías diecinueve años. El óleo que pintó el artista que conocimos aquel verano. El catálogo de aquella exposición que venía de Europa y no podías comprar porque era muy caro. Y algunas cosas más.

Barrie no podía creer que Dawson hubiera hecho tanto por ella.

—Pero, ¿por qué no me los diste?

—Cómo iba a dártelos después de las cosas que te decía y que te hacía —replicó Dawson—. Comprándolos me sentía mejor.

Tomó la mano de Barrie y acarició la sortija de esmeralda.

—Esto lo compré cuando te marchaste de Francia —añadió.

Barrie se quedó boquiabierta.

—¿Qué?

—Vergüenza, culpabilidad, no sé. Iba a pedirte que te casaras conmigo.

—Pero no lo hiciste —susurró Barrie débilmente.

—Claro que no —dijo Dawson entre dientes—. Cuando fui a tu apartamento una semana después de que te marcharas de Francia, un hombre me abrió la puerta y me dijo que estabas en la ducha. Sólo llevaba puestos unos vaqueros.

—Era Harvey —dijo Barrie con tristeza—. El hijo de mi casero. Su hermano y él estaban haciéndome unos armarios para la cocina. Sí, supongo que yo estaría en la ducha... ¡Nunca me dijo que había venido alguien!

Dawson hizo una mueca.

—Y tú pensaste que era mi amante —añadió Barrie.

—Me pareció obvio —asintió Dawson—. Me marché con unos celos terribles. Estaba tan destrozado que volví a Francia.

A Barrie le dieron ganas de llorar. Si Harvey no hubiera abierto la puerta, si ella no hubiera estado en la ducha, si...

—¿Te das cuenta de cómo me sentía la mañana que fui a buscarte para llevarte a Sheridan? ¿Te acuerdas de lo que dije? —preguntó Dawson—. Un mensaje no recibido, una carta no escrita, una llamada de teléfono que no te decides a hacer, y se destruyen dos vidas.

Dawson seguía con la mano de Barrie entre sus manos, contemplando la sortija de esmeralda.

—Y sabías que me encantaban las esmeraldas —dijo Barrie con suavidad.

—Por supuesto —dijo Dawson, sin mencionar cómo lo sabía ni lo mucho que le había costado encontrar un anillo exactamente como aquél.

De repente, Barrie se acordó.

—Vi un anillo como éste en una revista —dijo—. La dejé abierta sobre el sofá para enseñársela a Corlie, porque me encantó. Debió ser justo antes de empezar la universidad.

—Llevabas puesta una camiseta rosa y unos shorts —dijo Dawson—. Ibas descalza y el pelo te llegaba a la cintura. Me asomé por la puerta y te vi sobre la alfombra, mirando la revista, y tuve que salir corriendo.

Barrie le miró a los ojos.

—¿Por qué? —preguntó.

Dawson se rió.

—¿No lo adivinas? Porque ocurrió lo mismo que me ocurre cuando estoy cerca de ti. Me excité.

—¡Pero si te comportabas como si no soportaras mi presencia!

—¡Claro que sí! Si te decía la verdad, te daría el arma perfecta contra mí —replicó Dawson.

Barrie comprendió. Había pasado todos aquellos años protegiéndose a sí mismo, evitando cualquier intimidad o el más sencillo afecto porque pensaba que eran debilidades de las que las mujeres podían aprovecharse. No había duda de por qué le llamaban "el hombre de hielo". En cierto sentido lo era. Barrie se preguntó qué podría derretirlo. Tal vez el niño. *¡El niño!* Inconscientemente, Barrie apoyó las manos en el estómago.

Aquella acción involuntaria devolvió a Dawson algunos desagradables recuerdos. Pero al ver el gesto de Barrie se tranquilizó. Luego apoyó las suyas sobre las pequeñas manos femeninas.

—Esta vez cuidaré de ti —dijo con calma— Aunque signifique alquilar una habitación de hospital para que estés en la cama los nueve meses.

—Esta vez no lo perderemos, cariño —susurró Barrie acariciándole con dulzura—. Te lo prometo.

—¿Qué me has llamado? —murmuró Dawson sin moverse.

Barrie vaciló.

—¿Qué me has llamado? —insistió Dawson.

—He dicho… cariño.

Dawson se separó un poco, lo suficiente para poder ver la cara de Barrie, que se había sonrojado.

—No, no tengas miedo —le dijo—. Me gusta.

—¿Sí?

—Sí —dijo Dawson sonriendo.

Barrie suspiró con satisfacción y le miró.

Dawson la observó. Tenía el pelo revuelto, así que lo acarició y lo echó para atrás.

—¿Te sientes mejor?

Barrie asintió.

—Noto malestar en el estómago, pero es normal.

—Mi médico podrá darte algo.

—No, no quiero tomar ni una aspirina mientras esté embarazada. No quiero arriesgarme.

Dawson agachó la cabeza, para que Barrie no pudiera ver la expresión de sus ojos.

—¿Quieres al niño porque quieres ser madre o porque es mi hijo?

—¿Vas a fingir que no lo sabes? Solías reírte de lo que sentía por ti.

—Sí, ya lo sé —dijo Dawson, y la miró a los ojos—. Cómo me duele. Me porté cruelmente contigo y aún así no cambiaste. No sabes qué tormento era saber que para tenerte lo único que tenía que hacer era tocarte. Espero no haber matado ese sentimiento en ti. No sé nada del amor, Barrie, pero quiero que tú me ames. Si puedes.

La besó en la frente, en los párpados, y Barrie se echó a llorar.

—Te quiero desde la primera vez que te vi

—susurró Barrie sin dejar de sollozar—. Te quiero mucho, Dawson, mucho, mucho...

Dawson la besó. Al principio con insistencia, casi con crueldad, dominado por el deseo. Pero al darse cuenta de lo débil que estaba Barrie, aflojó los brazos y su beso fue más dulce y tierno.

Cuando se irguió tenía una expresión de asombro. Aquella era su mujer. La mujer que le amaba. Tenía un hijo suyo en las entrañas e iba a ser su esposa.

—Podemos... si quieres —susurró Barrie—. Quiero decir, no me siento tan mal.

—No sería un hombre si en este momento sólo pensara en el sexo —replicó Dawson acariciándole el pelo—. Vas a ser la madre de mi hijo. No podría estar más orgulloso.

Barrie sonrió.

—Hemos hecho el amor una sola vez y ya estoy embarazada. A no ser que queramos tener veinte hijos, supongo que uno de los dos tendrá que hacer algo cuando nazca el niño.

—Yo haré algo —dijo Dawson—. No quiero que tomes nada que pueda hacerte daño.

—No tengo por qué tomar nada, puedo ponerme algo.

—Ya veremos.

Barrie le acarició la cara y luego el hombro y el pecho.

—Podría emborracharme con esto.

—¿Con qué?

—Con sólo tocarte —dijo Barrie sin ser consciente del efecto de sus palabras en el hombre que la estrechaba entre sus brazos—. Soñaba con ello.

—¿Incluso después de volver de Francia? —preguntó Dawson con repentina amargura.

—Incluso después de volver de Francia —le confesó Barrie y luego lo miró—. Oh, Dawson, el amor es el sentimiento más terco de la tierra.

—Debe serlo.

Barrie se inclinó y le besó en los párpados.

—¿Cuándo quieres que nos vayamos a Sheridan?

—Ahora.

—¿Ahora? Pero...

—Quiero que nos casemos —dijo él con firmeza—. Y quiero hacerlo antes de que cambies de opinión.

—Pero si no voy a cambiar de opinión.

Dawson no estaba completamente seguro de ello. Había cometido tantos errores que no podía arriesgarse a cometer uno más.

—Y no volveremos a dormir juntos hasta que tengas la alianza en el dedo —añadió.

—Eso es chantaje —protestó Barrie.

—¿Perdona?

—Negarte a entregarme tu cuerpo para que me case contigo. ¡Me niego!

—No, no puedes negarte.

A Barrie le encantaba el brillo que tenían los ojos de Dawson cuando algo le sorprendía. Sonrió. Tal vez no la amara, pero la deseaba y le tenía mucho cariño.

—Sí, lo haré —asintió—. Si tienes tanta prisa por perder tu libertad, ¿quién soy yo para ponerme en tu camino? ¡Voy a hacer las maletas ahora mismo!

Capítulo Diez

CORLIE no se sorprendió al ver aparecer a Dawson llevando del brazo a una radiante Barrie. Los abrazó y, llena de satisfacción, fue a prepararles una taza de café.

—¿Café? —dijo Barrie—. Creo que debería tomar leche.

Dawson le tapó la boca con un dedo.

—No digas nada —dijo—. Le diré que los dos queremos leche.

—Le parecerá todavía más sospechoso —susurró Barrie.

Dawson se encogió de hombros.

—A lo mejor estamos exagerando —dijo—. Ni siquiera lo sabemos con seguridad.

Barrie se apoyó en el hombro de Dawson y cerró los ojos. Se sentía segura y en paz por primera vez desde hacía años.

—Sí que lo sabremos —dijo.

Dawson la meció en sus brazos.

—Sí que lo sabemos —repitió. Cerró los ojos y no quiso dejarse llevar por el miedo. Sería maravilloso tener un hijo con ella. Nada malo podía suceder porque ella no era como su madre y no iba a aprovecharse de él.

Al cabo de unos instantes abrió los ojos. No podía dejar de preocuparse. Para un hombre con su pasado no era fácil tener confianza y no sabía cómo iba a reaccionar frente a los acontecimientos que se avecinaban.

Se casaron en la iglesia del condado. Corlie y Rodge fueron sus testigos. Antonia Long y su marido les enviaron flores, y sus felicitaciones, pero no pudieron asistir a la ceremonia porque su hijo estaba resfriado.

Dawson besó a Barrie con una dulzura que no había esperado de él y ella se sintió en la cima del mundo. Desde que volvieron a Sheridan no la había tocado, excepto para tomarle la mano o rozar su boca con los labios.

Pero aquella noche era su noche de bodas. Se asombró al comprobar lo excitada que estaba, recordando el placer que Dawson le había enseñado. Ya no sentía miedo al pensar que yacería entre los brazos de Dawson. Y, sin duda, después de lo sinceros que habían sido el uno con el otro, podrían hacer frente a las cicatrices del pasado. Ni siquiera le importaría que él quisiera hacer el amor con la luz apagada, para que ella no pudiera verlo. Lo único que quería era estar entre sus brazos y amarlo.

Pero si Barrie esperaba que después de

la marcha nupcial su relación con Dawson iba a cambiar de repente, se iba a llevar una sorpresa. Porque aquella tarde, Dawson, que había estado inquieto desde la ceremonia, preparó el equipaje y dijo que tenía que ir a California para ver a un toro semental.

—¿El día de tu boda? —exclamó Barrie consternada.

Dawson parecía más incómodo que nunca.

—Si no fuera urgente, no iría —dijo—. El vendedor amenaza con vendérselo a otro.

—¿Y no puedes comprarlo?

—No sin verlo primero —dijo Dawson cerrando la maleta—. Sólo estaré fuera unos días.

—¡Unos días!

Dawson hizo una mueca. Trató de explicarse, pero en vez de eso, hizo un ademán.

—No te pasará nada. Corlie tiene el número donde puedes localizarme si me necesitas.

—Ya te necesito, no te vayas.

—Tengo que irme —dijo Dawson con hosquedad.

Barrie tenía la sensación de que Dawson ya empezaba a estar nervioso ante el confinamiento del matrimonio. En las semanas anteriores había tenido que hacer frente a demasiadas cosas, entre ellas una boda y un embarazo, y debía sentirse atrapado. Si no le dejaba marchar en aquellos momentos, podría perderlo para siempre. Era lo bastante sabia como para saber que Dawson necesitaba un poco de tiempo y de espacio. Aunque fuera el día de su boda, no podía acorralarlo, tenía que dejarlo marchar.

—Está bien —dijo sonriendo en lugar de discutir—. Si tienes que irte...

Al ver que no protestaba, Dawson se sorprendió y su impaciencia por irse aminoró.

—¿No te importa?

—Sí me importa —dijo Barrie con sinceridad—. Pero te comprendo, quizás mejor de lo que supones.

Dawson la miró a los ojos.

—Es sólo un viaje de negocios —dijo—. No tiene nada que ver con nuestro matrimonio o con el niño.

—Claro que no.

A Dawson no le gustó la expresión de sus ojos.

—Crees que lo sabes todo de mí, ¿verdad?

—Ni siquiera he arañado la superficie —replicó Barrie.

—Me alegro de que te des cuenta.

Barrie se puso de puntillas y le dio un beso muy dulce en la boca. Dawson estaba muy tenso.

Barrie sonrió.

—Buen viaje. ¿Vas en tu avión privado?

—No, voy en línea regular —dijo él—.

—Mejor. Mientras no quieras decirle al piloto cómo volar —dijo recordando que una vez Dawson se había acercado a la cabina de un avión para decirle al piloto que tenía que cambiar el altímetro.

Dawson desvió la mirada.

—Era un novato y estaba tan nervioso que había conectado mal el altímetro. Menos mal que me di cuenta, si no nos habríamos estrellado.

—Supongo que sí. Además, aquel piloto no volvió a volar.

—Se dio cuenta que no estaba hecho para pilotar aviones y tuvo narices para admitirlo —dijo y miró a Barrie con calma—. Tienes mejor aspecto que en Tucson, pero no trabajes mucho, ¿vale?

—Vale.

—Y trata de comer más.

—Vale.

—No vayas a ninguna parte sin decírselo a Corlie o a Rodge.

Vale.

—Y si algo va mal, llámame, no trates de solucionarlo tú sola.

—¿Algo más?

Dawson volvió a sentirse incómodo.

—No te acerques a los caballos. No montes hasta que no estemos seguros.

—Eres un pesado —murmuró Barrie con una mirada burlona—. Imagínate, tú preocupándote por mí.

Dawson no reaccionó con humor, tal como Barrie esperaba. De hecho, parecía más serio que nunca. Acarició el pelo de Barrie y apreció su suave tacto, y mirándola dijo:

—Siempre me he preocupado por ti.

Barrie suspiró y se fijó en el buen aspecto que tenía Dawson con el traje gris que llevaba.

—No puedo creer que me pertenezcas —le dijo, y se dio cuenta de la expresión de sorpresa de Dawson al oír sus palabras.

Aquella observación debería haberle complacido, pero no fue así. Unido a lo vulnerable que se sentía en sus brazos, le ponía furioso. Quitó la mano del cabello de Barrie y dio media vuelta.

—Esta noche te llamo. Cuídate.

Barrie se sonrojó. Se dio cuenta de que sus problemas con Dawson no habían terminado, sino que no habían hecho más que empezar.

—¡Dawson!

Dawson se detuvo y la miró con desgana.

Barrie vaciló y frunció el ceño. Supo que a

partir de aquel momento iba a tener muchos problemas para aproximarse a él. Así pues la primera vez tenía que hacerlo bien.

—El matrimonio no funciona bien porque sí —dijo eligiendo las palabras con cuidado—. Hace falta alguna cooperación, y compromiso. Yo puedo andar la mitad del camino, pero no todo.

—¿Qué quieres decir?

—Eres mi marido —dijo Barrie, y sintió un pequeño hormigueo al pronunciar aquella palabra.

—¿Y por eso crees que te pertenezco, porque me casé contigo? —le preguntó Dawson con un tono peligrosamente suave.

Barrie lo miró durante un largo instante antes de responder.

—Recuerda que no fui yo quien te pidió que te casaras conmigo —dijo con calma—. Fuiste tú el que viniste por mí, no al revés.

Dawson hizo una mueca ante la altanera expresión de Barrie.

—Fui a buscarte para que no te convirtieras en una madre soltera ¿O crees que tenía otros motivos? —le preguntó Dawson con una sonrisa burlona—. ¿O te parece que estoy loco de amor por ti?

—Por supuesto que no —dijo Barrie con cierta sumisión—. Sé que no me quieres. Siempre lo he sabido.

Dawson no llegaba a entender por qué sentía necesidad de ser tan desagradable con ella. La alegría había desaparecido de los ojos de Barrie y su cara ya no estaba radiante. Si estaba embarazada, como sospechaban, ponerla de mal humor era lo peor que podía hacer. Pero ahora le pertenecía, y él ardía de deseo por ella. La deseaba con una pasión tan dominante que podía ponerla en sus manos para siempre. Y no era ése el único miedo que estaba conjurando. Cada minuto que pasaba tenía menos ganas de marcharse, así que tenía que irse cuanto antes. Debía estar solo para enfrentarse consigo mismo. ¿Por qué tenía ella que mirarlo de aquel modo?

Su silencio le hacía sentirse culpable.

—Buen viaje —dijo Barrie por fin.

—¿No te escaparás mientras esté fuera? —le preguntó Dawson inesperadamente. Barrie se sonrojó—. ¡Maldita sea...!

—No me hables así —replicó Barrie. Le temblaba el labio inferior y apretó los puños. Se le iban a saltar las lágrimas—. Y no soy yo la que está a punto de huir, eres tú. ¡No puedes soportar la idea de tener una esposa, ¿verdad? ¡Sobre todo yo!

Las voces de Barrie llegaron a oídos de Corlie, que se encontraba en el vestíbulo. La mujer fue a la habitación y se quedó estupefacta ante la escena que vio ante sus ojos. Allí estaba Dawson, con una maleta en la mano, y Barrie estaba frente a él, llorando.

—Pero si acabáis de casaros —dijo titubeante.

—¿Por qué no le dices la verdad, Dawson? No nos hemos casado por amor. ¡Nos casamos porque teníamos que hacerlo! —dijo Barrie sollozando—. ¡Estoy embarazada, y el hijo es suyo!

Dawson se quedó pálido. Aquellas palabras se clavaron en él como un cuchillo surgido directamente del pasado. Ni siquiera se dio cuenta de la aturdida expresión de Corlie.

—No lo digas así. ¡Todavía no lo sabemos! —exclamó.

—Sí lo sabemos —dijo Barrie—. Usé uno de esos chismes que venden en las farmacias.

Pensarlo era una cosa, saberlo otra muy distinta. Se quedó de pie, con la maleta en la mano. Barrie estaba embarazada. Se fijó en su estómago, donde Barrie había apoyado una de sus manos con un gesto protector. Luego se fijó en su cara húmeda y con un gesto de dolor.

—Bueno, el caso es que estáis casados —dijo Corlie tratando de aferrarse a una brizna de optimismo—. Y a los dos os gustan los niños…

Barrie se secó los ojos.

—Sí, nos gustan los niños —dijo y miró a Dawson—. ¿A qué estás esperando? Hay un toro en un prado de California que se muere porque lo compres, ¿o no? ¿Por qué no te vas?

—¿Te vas a California a comprar un toro en el día de tu boda? —preguntó Corlie.

—Sí, me voy a comprar un toro —dijo Dawson con hostilidad, se puso el sombrero y se fue—. Volveré dentro de unos días.

Salió por la puerta dejándola abierta. Sabía que las dos mujeres lo miraban, pero no le importó. No estaba dispuesto a arrastrarse hasta la cama de Barrie para pedirle por favor que se acostara con él, no iba a ser ninguna especie de juguete sexual para ella. Ella todavía le echaba la culpa por haberla dejado embarazada, por haber arruinado su vida. Iba a atormentarle igual que había hecho su madre, así que tenía que marcharse cuando todavía estaba a tiempo.

No se le ocurrió que se estaba comportando de un modo irracional, por lo menos no en aquellos momentos.

Pero en la suite del hotel de California, las cosas cobraron un sentido completamente distinto ante sus ojos.

Miró a su alrededor con sorpresa. A las dos horas de la boda había abandonado a su mujer, embarazada, para marcharse a comprar un toro. No podía creer lo que había hecho ni lo que le había dicho a Barrie. Debía haberse vuelto loco por completo.

Y tal vez así era, pensó. Se había torturado imaginando que le hacía el amor a Barrie y una vez más sucumbía a la pasión desenfrenada que aquella mujer despertaba en su cuerpo. De nuevo lo vería débil y vulnerable, sólo que no vería sólo cómo su cuerpo se rendía ante ella, sino que sabría lo que realmente sentía. En la cumbre del éxtasis no sería capaz de ocultárselo.

Dio un largo suspiro. Nunca se había enfrentado a su propia vulnerabilidad con ella. De hecho, había llegado a extremos insospechados para no hacerle frente. Le había sido imposible derribar las barreras que se alzaban entre ellos por miedo a que ella quisiera vengarse por el modo en que la había tratado. Si la dejaba ver cuánto la deseaba, lo utilizaría contra él. ¿No se había burlado su propia madre de sus debilidades, ridiculizándole delante de su padre y sus amigos? ¿No se había pasado su infancia riéndose de él, haciéndole pagar, sin el conocimiento de su padre, por un matrimonio que ella no había deseado? Siempre le dijo que él había sido un error, y por su causa había tenido que casarse con un hombre al que no amaba...

Tenía gracia que no hubiera vuelto a recordar las palabras de su madre hasta aquel día. Barrie estaba embarazada, y había dicho que tenía que casarse con él. Lo mismo que había dicho su madre.

Se tumbó en el amplio sofá que había en el cuarto de estar de la suite y recordó otras cosas. Recordó la suave piel de Barrie y sus dulces gemidos de pasión. Gruñó al recordar el éxtasis que él mismo había experimentado. ¿Podría seguir viviendo sin volver a experimentar aquel placer, al precio que fuera?

Cerró los ojos. Siempre podría apagar las luces, pensó con humor. Así no podría verlo. Que lo oyera no le importaba, porque él también podía oírla. Barrie no permanecía callada cuando hacía el amor.

Al recordar el placer que Barrie sintiera aquella mañana, se le iluminaron los ojos. Hasta entonces él sólo le había causado dolor, pero le había enseñado que podía esperar mucho más de él.

Le había dicho que lo quería. Santo Dios, ¿cómo podía quererlo cuando no dejaba de atormentarla? Pero, ¿por qué no podía él aceptar su amor? ¿Por qué no podía aceptar su adicción a ella? Estaba embarazada y la había abandonado el día de la boda sin dejarle otra cosa que miedo porque él... porque él...

Abrió los ojos y respiró lenta y dolorosamente. Porque él también la amaba. No podía admitirlo ante ella, pero no podía ocultárselo a sí mismo. La amaba, la amaba desde que tenía quince años, cuando le había regalado aquel ratoncito de plata en su cumpleaños. La amó en Francia y se odió a sí mismo por aprovecharse de lo que ella sentía por él en un intento de negar ese amor. Pero ese amor había crecido tanto que había acabado por consumirlo. No podía librarse de él y no podía dejarse llevar por él. ¿Qué podía hacer?

Bueno, pensó poniéndose en pie, sólo había una cosa que podía hacer. Podía tomar una copa y luego llamar a Barrie para dejar claras unas cuantas cosas.

Barrie se llevó una sorpresa al oír la grave voz de Dawson al otro lado del auricular. No esperaba que la llamase después del modo en que se había ido. Pasó el resto del día llorando y maldiciendo su suerte, mientras Corlie trataba de consolarla. Se había ido a la cama temprano, enferma y decepcionada porque su marido ni siquiera soportaba estar en la misma cama con ella. Y después de lo tierno que había estado con ella en Tucson, era todavía peor.

Y en aquellos momentos estaba al otro lado de la línea, y parecía estar un poco bebido.

—¿Me oyes? —decía—. He dicho que de ahora en adelante sólo vamos a hacer el amor a oscuras.

—No me importa —dijo ella algo confusa.

—No te he preguntado si te importa. Y no puedes mirarme cuando lo hagamos.

—Ni se me pasa por la cabeza.

—Y no digas que soy tuyo. No soy tuyo. No voy a pertenecer a ninguna mujer.

—Dawson, yo nunca he dicho eso.

—Sí que lo dijiste. Pero yo no soy un perro, ¿me oyes?

—Sí, te oigo.

Barrie no pudo evitar una sonrisa al comprobar los esfuerzos de Dawson por hacerse comprender. La angustia y la decepción habían desaparecido y Dawson aireaba sus peores miedos sin darse cuenta de ello. Era una fascinante mirada a un hombre que se estaba quitando la máscara.

—Yo no te pertenezco —continuó Dawson.

Tenía calor y estaba sudando. Quizás debiera encender el aire acondicionado, si podía encontrarlo. Le dio una patada a la mesa y estuvo a punto de tirar la lámpara. Lo que sí se cayó fue el teléfono.

—¿Dawson? —dijo Barrie preocupada al oír el ruido al otro lado de la línea.

Oyó un murmullo y algunos juramentos.

—Me he tropezado con la mesa. ¡Y no te rías!

—Oh, ni soñarlo —le dijo Barrie.

—No puedo encontrar el aire acondicionado. Tiene que estar en alguna parte. ¿Cómo diablos pueden esconder algo tan grande?

Barrie casi lo echó todo a perder porque estuvo a punto de no poder contener la risa.

—Mira debajo de la ventana —le dijo.

—¿Qué ventana? Ah, ésa. Vale.

Hubo otra pausa y más ruidos extraños, seguidos de otro juramento y un golpe sordo.

—Creo que he puesto la calefacción —dijo—. Hace mucho calor.

—Llama a recepción y diles que suban a ver —dijo Barrie.

—¿A ver el qué?

—El aire acondicionado.

—Ya lo he visto yo —dijo Dawson entre dientes—. Está debajo de la ventana.

Barrie no quiso discutir.

—¿Has visto el toro? —le preguntó.

—¿Qué toro? —replicó Dawson, y se hizo una pausa—. Oye, aquí no hay ningún toro, ¿estás loca? Esto es un hotel.

Barrie no podía contener la risa.

—¿Te estás riendo? —dijo Dawson con furia.

—No, no. Es que me ha dado tos. Estoy tosiendo —dijo Barrie, y tosió.

Se hizo otra pausa.

—Iba a decirte algo —dijo Dawson tratando de concentrarse—. Ah, ya me acuerdo. Escucha, Barrie, puedo vivir sin el sexo. Ni siquiera lo necesito.

—Sí, Dawson.

—Pero si quieres, puedes dormir conmigo —prosiguió Dawson generosamente.

—Sí, me gustaría mucho.

Dawson se aclaró la garganta.

—¿En serio? —preguntó.

—Me encanta dormir contigo.

Dawson volvió a aclararse la garganta.

—Oh —dijo al cabo de un minuto.

Era una oportunidad demasiado buena como para desperdiciarla. Dawson hablaba como si le hubieran puesto el suero de la verdad.

—Dawson —comenzó con precaución—, ¿por qué te marchaste a California?

—Para no tener que hacer el amor contigo —dijo él—. No quería que vieras... cuánto te deseo. Lo mucho que me importas.

El corazón de Barrie empezó a henchirse, a elevarse, a volar.

—Te quiero —susurró.

Dawson dio un profundo suspiro.

—Lo sé. Yo también te quiero —dijo—. Te quiero... mucho. ¡Mucho, Barrie, mucho, mucho...! —dijo Dawson y tragó saliva. Apenas podía hablar.

Barrie casi se alegró, porque ella tampoco podía hablar. Se agarraba al teléfono como si fuera un salvavidas y el corazón le latía frenéticamente.

—Pero no quiero que lo sepas —prosiguió Dawson—. Porque a las mujeres les gusta tener armas. No puedes saber cómo me siento, Barrie, porque lo aprovecharías en mi contra, como tu madre se aprovechó de mi padre porque la quería mucho.

Barrie se estremeció.

—Escucha, ahora tengo que acostarme —dijo Dawson, que frunció el ceño tratando de recordar algo—. No puedo recordar por qué te he llamado.

—No importa, cariño —dijo Barrie dulcemente—. No importa.

—Cariño —repitió Dawson y respiró profundamente—. No sabes cómo me duele cuando me llamas cariño. Estoy encerrado dentro de mí mismo y no puedo salir. Te echo de menos. No sabes cuánto. Buenas noches... cariño.

La comunicación se cortó, pero Barrie se quedó pegada al teléfono, esperando. Al cabo de un minuto oyó el sonido de la centralita.

—¿Puedo ayudarle? —dijo la operadora.

—Sí, sí puede. ¿Puede decirme cómo puedo llegar al hotel?

Corlie no paró de refunfuñar en el camino hacia el aeropuerto de Sheridan, pero tampoco paró de reír. Dejó a Barrie camino a Salt Lake City, Utah, donde tomaría otro avión para California. Era un viaje muy cansado y ella ya estaba muy fatigada, pero sabía que era lo que debía hacer, reunirse con su reticente marido antes de que volviera a estar sobrio.

Llegó al hotel a la mañana siguiente muy temprano y preguntó por la habitación de Dawson.

Sintiéndose como una espía, entró en la suite con la llave maestra y miró a su alrededor con cierto recelo. Pero no había sido la timidez la que la había llevado hasta allí, sino el valor.

Abrió la puerta de lo que debía ser el dormitorio y allí estaba desnudo, hecho un ovillo sobre la cama, como si se hubiera quedado dormido antes de poder meterse bajo las sábanas. Aunque no le habría hecho falta arroparse, porque hacía bastante calor.

Barrie se acercó al aparato de aire acondicionado. Estaba apagado. Lo puso en la máxima intensidad y lo encendió. Permaneció de pie durante unos instantes, porque, debido al calor, sentía un pequeño mareo. El aire fresco le dio en la cara y pudo respirar con mayor facilidad.

Oyó un ruido y se dio vuelta. Dawson estaba apoyado en un codo y la miraba. Tenía los ojos enrojecidos.

Capítulo Once

BUENOS días —dijo Barrie. Había llegado el momento de estar cara a cara con Dawson después de la extraordinaria conversación que habían tenido la noche anterior, y la invadió la timidez.

—Buenos días —dijo Dawson fijándose en ella.

Barrie llevaba vaqueros y chaqueta y tenía el pelo revuelto. Dawson se preguntaba si sería un espejismo.

—¿Qué haces aquí? —preguntó.

—Estaba poniendo el aire acondicionado —dijo Barrie.

—Dale al otro botón.

Barrie se sonrojó al comprobar la exultante masculinidad de Dawson. No sólo estaba desnudo, estaba excitado, y, aparentemente, ya no sentía ningún rubor porque ella lo mirara.

—Estamos casados —dijo Dawson con una sonrisa burlona—. Si no quieres mirarme, nadie te obliga a hacerlo.

Barrie lo miró. Por la expresión de sus ojos, se dio cuenta de que volvía a haber una barrera entre ellos.Había ido al hotel llena de esperanzas, de felicidad, porque él, finalmente, había admitido lo que sentía por ella, pero en aquellos momentos se daba cuenta de que había vuelto a esperar demasiado. Estaba claro que Dawson se negaría a admitir nada, que estaba dispuesto a mantener las distancias a toda costa. Ni siquiera el niño significaba nada para él.Vivirían juntos, pero como dos extraños, con el niño como único lazo entre ellos. Podía ver con claridad los largos y solitarios años en que lo amaría sin ver su amor recompensado, sin esperanza.

—He venido a decirte que regreso a Tucson —dijo con frialdad—. Eso es lo que quieres, ¿verdad? —añadió al verlo tan sorprendido—. Te casaste conmigo porque creías que era lo que debías hacer, pero te has arrepentido y no quieres verme. Te hago perder el control y eso es algo que no puedes soportar. Bueno, pues ya no tendrás que preocuparte. He hecho las maletas y mañana ya no estaré en tu casa.

Dawson se levantó. Desnudo era intimidador. Se acercó a ella y la tomó en brazos inesperadamente y la llevó hacia la cama.

—¡Bájame! ¿Qué crees que estás haciendo?

—¿Quieres que te dé una pista?

La puso sobre la cama y se echó encima.

La agarró por las muñecas y las puso por encima de la cabeza, sobre el colchón.

—¡Te odio! —dijo Barrie con furia y con los ojos llenos de lágrimas—. ¡Te odio, Dawson!

—Claro que sí —dijo él.

A Barrie, perdida en un torbellino de emociones, su voz le sonó muy dulce. Pero debía estar equivocada, pensó. Dawson entrelazó los dedos con los suyos y se inclinó para besarla suave, tiernamente. Apretó el pecho contra el de Barrie y deslizó las piernas entre las suyas. El silencio magnificaba la respiración agitada de Barrie y el ruido de sus cuerpos.

Barrie le echó los brazos al cuello, él deslizó las manos bajo el cuerpo de Barrie y luego le desabrochó los botones de la camisa y bajó la cremallera del pantalón. Barrie se daba cuenta de cada uno de los movimientos de Dawson, que la desvestía sin dejar de besarla. Le acarició los pechos y le besó los pezones mientras le quitaba la ropa, hasta que quedó completamente desnuda. Barrie notó el vello de su pecho y sintió cosquillas, luego su cuerpo se estremeció de deseo.

Dawson no decía nada. La besó de la cabeza a los pies, como nunca había hecho. La acarició con un misterio que la habría vuelto loca de celos al pensar en las mujeres que le habían enseñado aquellas caricias, si hubiera sido capaz de pensar. La besó con intensidad, con frenesí, sin dejar de acariciarla, como si el placer de Barrie fuera para él lo más importante del mundo. Era como si encendiera hogueras y las apagara una y otra vez hasta llevarla hasta el límite de la locura. Barrie gemía con alivio cuando él abandonaba sus expertas caricias.

Pero fue mucho, mucho tiempo después cuando, finalmente, él se abrió paso entre sus piernas para hendir el oscuro y dulce misterio de su cuerpo, cubriendo la boca de Barrie con la suya mientras empujaba suavemente.

Barrie se puso ligeramente tensa, pero no opuso resistencia, al contrario, suspiró y se apretó contra él, y él empujó un poco más. Dawson nunca había sido más dulce, más lento, más tierno. Notaba su cariño, su amor. Barrie no abrió los ojos, no trató de mirarlo. Yacía sumergida en el placer de cada uno de sus suaves movimientos, gimiendo rítmicamente bajo la exquisita oleada de placer que cada vez era más y más profunda.

Con enloquecedora precisión, Dawson llevó el placer hasta un crescendo que la dejó susurrándole palabras que la hubieran sorprendido unos minutos después. Pero en aquellos momentos no existía el futuro, ni la vergüenza. Todo su cuerpo era un ruego, un temblor. De repente, Dawson la penetró aún más y comenzó a moverse con un ritmo lento, profundo e interminable que la llevó dando vueltas hacia una luz cegadora. Le clavó las uñas en la espalda y tembló y gritó entre sus labios con angustia y deleite. Las lágrimas corrieron por sus mejillas y vivió el mayor éxtasis de placer que había sentido nunca, tan profundo y conmovedor que casi se confundía con el dolor.

Sólo entonces, al ver los espasmos de placer de Barrie, Dawson buscó su propia plenitud. Y fue como la vez anterior, espasmos de ardiente placer que crecían y crecían y de repente estallaban en una explosión de luz y calor que le convertían en un ser sin forma, ni pensamiento. Él era parte de ella y ella parte de él. No había nada más en el mundo, sólo ellos dos. Sólo... aquel placer...

Dawson se apoyó sobre un costado y la miró. Barrie apartó la vista, pero él la tomó por la barbilla y la obligó a mirarlo.

—Bueno, ¿todavía quieres dejarme después de eso? —le preguntó—. ¿O quieres convencerme de que todas esas cosas que me has susurrado al oído son el resultado de un momento de locura?

Barrie se levantó y se dirigió al baño para vomitar. Llegó justo a tiempo. El corazón le latía con tal fuerza que parecía que iba a partirle el pecho y tenía los ojos llenos de lágrimas. Qué monstruo era Dawson, pensaba, burlándose, aprovechándose de lo que le había dicho en los momentos más íntimos. ¿Y dónde había aprendido a acariciar de aquella manera? ¿Acaso era un seductor, un mujeriego?

Dawson se anudó una toalla en la cintura y, con un suspiro de resignación, empapó una toallita en agua y se agachó junto a Barrie. Cuando se le pasó el mareo, le limpió la cara, la llevó a la cama y la tapó con la sábana.

—Dame la ropa —dijo Barrie—. ¡No puedo irme así!

—No hay ningún problema porque no vas a ninguna parte —dijo Dawson, recogió la ropa de Barrie, abrió la ventana y la tiró.

Barrie se quedó de piedra, observando cómo llevaba a cabo el acto más irracional que le había visto hacer.

—No he traído más ropa que ésa —dijo alarmada—. Y ahora incluso mi ropa interior, ¡mi ropa interior, por Dios! ¿Cómo voy a salir de la habitación? ¿Cómo voy a salir del hotel?

—No vas a salir —replicó Dawson, observando la tersa y morena piel de los hombros de Barrie—. Dios, qué guapa eres. Me cortas el aliento cuando estás desnuda.

Barrie guardó silencio. No sabía cómo salir de aquella situación.

Dawson se sentó a su lado y sonrió.

—Supongo que no puedo esperar que lo entiendas todo de una vez —dijo Dawson con ternura y acariciándole el pelo—. Mientras tratas de comprender la situación, voy a llamar para que suban algo de comida. ¿Te apetece helado de fresa y melón?

Era el postre favorito de Barrie, aunque no sabía que Dawson lo supiera. Asintió lentamente.

—¿Y té?

—La cafeína...

—Leche fría entonces —dijo Dawson sonriendo.

Barrie asintió de nuevo.

Dawson descolgó el teléfono y habló con el servicio de habitaciones. Luego abrió su maleta, tomó una camisa limpia y la dejó sobre la cama.

—No uso pijama —dijo—, pero puedes ponerte eso cuando entre el camarero.

—¿Y tú? —preguntó Barrie algo incómoda.

Dawson la miró con humor.

—¿No te gusta que te vean con un hombre desnudo, aunque sea tu marido?

Barrie se sonrojó.

—¿Y eras tú la que me llamabas mojigato? —dijo Dawson levantándose y tirando la toalla para ponerse los pantalones—. ¿Mejor? —le preguntó abrochándose el cinturón.

Barrie lo miró con puro placer, observando su amplio pecho, cubierto de vello, su estrecha cintura, sus largas y poderosas piernas. Le encantaba mirarlo, pero sabía que si lo hacía tendría problemas otra vez, así que apartó la vista.

Dawson se dio cuenta. Volvió a sentarse sobre la cama y con un largo suspiro apoyó la mano en el hombro desnudo de Barrie. Estaba fresco y húmedo. Barrie estaba pálida.

—Adelante —dijo Dawson—, mírame. Ya no me importa. Supongo que anoche te conté todo lo que había que contar. No recuerdo muy bien lo que dije, pero seguro que fui elocuente.

Barrie lo miró con cautela. No dijo nada, pero tenía un gesto de resignación y tristeza.

Dawson hizo una mueca.

—Barrie...

Barrie enterró la cara en la almohada y apretó los puños.

—Déjame sola —susurró tristemente—. Ya has tenido lo que querías y ahora me odias otra vez. Siempre es lo mismo, siempre...

Dawson la tomó y la estrechó entre sus brazos. Frotó la cara contra su pelo y su cuello.

—Te quiero —dijo con voz grave—. ¡Te quiero más que a mi vida! Maldita sea, ¿es que no es suficiente?

Era lo que había dicho la noche anterior, pero en aquellos momentos estaba sobrio. Quería creerlo desesperadamente, pero no confiaba en él.

—Tú no quieres quererme —dijo sollozando y apretándose contra él.

Dawson suspiró pesadamente, como si dejara escapar una carga intolerable.

—Sí quiero —dijo después de una larga pausa. Parecía derrotado—. Te quiero a ti y quiero a tu hijo. Quiero abrazarte en la oscuridad y hacerte el amor a la luz del día. Quiero consolar tus lágrimas con besos y compartir contigo las alegrías. Pero tengo miedo.

—No, tú no —susurró Barrie acariciando el pelo de la nuca de Dawson—. Tú eres fuerte y no tienes miedo.

—Sólo tengo miedo contigo —confesó Dawson—. Sólo por ti. Nunca lo tuve hasta que apareciste tú. Barrie, si te perdiera, no podría vivir.

A Barrie le dio un vuelco el corazón.

—Pero no vas a perderme —dijo—. No

voy a salir corriendo. No quería irme, pero pensaba que tú querías que me fuera.

—¡No! —exclamó Dawson con voz grave, y levantó la cabeza. Tenía un gesto sombrío, de preocupación—. No quería decir eso. Lo que quería decir es que podría perderte cuando tengas al niño.

—¡Por Dios santo!

—Algunas mujeres todavía se mueren al dar a luz —murmuró incómodamente—. Mi madre murió.

Barrie estaba conociendo cosas sobre él que nunca se habría atrevido a preguntar.

—¿Tu madre murió al dar a luz? —le preguntó con delicadeza.

Dawson asintió.

—Estaba embarazada. No quería tener al niño y trató de abortar, pero mi padre se enteró y la amenazó con quitarle la asignación. Ella olvidó el asunto, pero algo salió mal. Estaban de viaje aunque el embarazo estaba muy avanzado. Sólo había una pequeña clínica, y un solo médico —dijo Dawson suspirando—. Y murió. Mi padre la quería mucho, tanto como quiso a tu madre. Tuvieron que pasar años para que se recobrara. Se sentía responsable. Y yo me sentiría responsable si algo te ocurriera.

Barrie entrelazó sus dedos. Era abrumador que la quisiera tanto. No quería librarse de ella, al contrario, estaba aterrorizado ante la posibilidad de perderla.

—Soy fuerte y tengo buena salud y quiero tener a nuestro hijo. Quiero vivir —dijo suavemente—, yo no podría dejarte, Dawson.

Dawson la miró. Barrie tenía una expresión contenida, firme. Le acarició los labios con un dedo tembloroso.

—Algún día confiarás en mí —dijo Barrie con dulzura—. Te darás cuenta de que nunca te haría daño deliberadamente, ni trataría de hacerte sentir menos hombre porque me quieras.

Dawson apoyó la mano en su mejilla.

—Y no me dejarás —añadió con una sonrisa penetrante.

—No. Sin ti no puedo vivir —dijo sonriendo con ternura, y tomó la mano de Dawson y la puso sobre su regazo—. Estoy embarazada. Tenemos un futuro en el que pensar.

—Un futuro —dijo Dawson, y le tembló la mano—. Supongo que voy a tener que dejar de vivir apegado a mis malos recuerdos. Va a ser duro.

—El primer paso es mirar hacia delante.

Dawson se encogió de hombros y sonrió.

—Supongo que sí —dijo—. ¿Hasta dónde hay que mirar?

—Hasta los primeros grandes almacenes —dijo Barrie con humor—. No puedo pasarme el día desnuda.

Dawson apretó los labios y, por primera vez desde que Barrie llegó, parecía muy tranquilo.

—¿Por qué no? —preguntó—. ¿Es que ya estás satisfecha?

Barrie lo miró.

—¿Lo estás? —insistió Dawson—. Porque quiero hacer el amor otra vez.

—¿A la luz del día?

Dawson se encogió de hombros.

—Igual que antes —dijo muy serio—. Has cerrado los ojos. No lo vuelvas a hacer, no volveré a quejarme. Siento haberte avergonzado porque querías ver algo tan hermoso.

Barrie no sabía cómo tomarse aquel repentino cambio de actitud. Lo miró a los ojos, pero no vio más secretos. Ya no le escondía nada.

—Lo sé —murmuró Dawson tristemente—. Todavía no puedes confiar plenamente en mí, pero ya lo conseguiremos.

—¿Lo haremos?

Los golpes en la puerta interrumpieron la respuesta de Dawson. Barrie se puso la camisa rápidamente y se la abrochó, mientras Dawson fue a abrir al camarero, firmó la cuenta y le dio una propina.

—Quítate eso —murmuró al cerrar la puerta otra vez.

—No.

—Sí. Pero primero, vamos a ver qué le damos a tu estómago —dijo Dawson.

Tomó un plato con helado de fresa y se sentó en la cama. Tomó una cucharada y se la ofreció a Barrie.

Barrie se quedó un poco sorprendida.

—Tú me diste de comer cuando estaba en el hospital —dijo Dawson—. Ahora me toca a mí.

—Yo no estoy herida —replicó Barrie.

—Sí que lo estás —dijo Dawson—. Aquí.

Dawson puso la cuchara en la mano que sostenía el plato y con la mano libre tocó el pecho de Barrie a través de la camisa. Notó la inmediata respuesta, pero no continuó, sino que volvió a ofrecerle el helado.

—Vamos —dijo—, te sentará bien.

Barrie se imaginó a Dawson con un bebé en brazos, sonriendo, exactamente como estaba, tratando de meterle la cuchara en la boca, y sonrió mientras tomaba el helado.

—¿En qué estás pensando? —dijo Dawson.

—En un bebé, que no querrá ni jarabe ni espinacas.

La mirada de Dawson se ensombreció, pero no con irritación. Respiró profundamente y le dio a Barrie otra cucharada.

—Creo que también tendré que cambiar

pañales y preparar biberones —murmuró Dawson.

—Nada de biberones —dijo Barrie—. Quiero darle el pecho.

Dawson se quedó quieto y miró a Barrie, aturdido al comprobar que aquella afirmación le había excitado.

Al ver la quietud de su cuerpo, su mirada sombría y el ligero color de sus mejillas, Barrie se dio cuenta de lo que pasaba y se le hizo un nudo en la garganta. Lo imaginó mirándola mientras le daba el pecho al niño.

—Estás temblando —dijo Dawson con la voz trémula.

Barrie se movió inquieta y se rió nerviosamente.

—Estaba pensando en ti, mirándome dar de comer al niño —dijo.

—Yo también.

Barrie se fijó en su boca. Tuvo que contener el aliento al sentir una oleada de deseo.

—Santo Dios —dijo Dawson, dejó el plato en la mesilla, porque estaba temblando, y al volver a mirarla, Barrie se había desabrochado la camisa. La abrió y observó a Dawson, que miraba sus pechos erguidos.

Le agarró la cabeza con manos temblorosas y se tumbó, haciendo que Dawson le besara los senos. Dawson la besó con ardor, apasionadamente, apretándola contra la cama.

—Estoy demasiado excitado, voy a hacerte daño.

—No, no me vas a hacer daño —dijo Barrie apretándolo contra sí, arqueándose bajo su boca ardiente—. Oh, Dawson, Dawson, es la sensación más dulce que...

—Sabes a pétalos de rosa. Dios, nena, no creo que pueda esperar.

—No importa —dijo Barrie sin aliento.

Le ayudó a quitarse la camisa y apartar las sábanas y a ponerse sobre ella. Luego lo guió dentro de sí. Esperaba que fuera desagradable, pero no lo fue.

Dawson sintió la facilidad de la posesión y levantó la cabeza para mirar a Barrie a los ojos besándola con dulzura.

—Te dejo... que mires —susurró, estremeciéndose al notar la creciente tensión—. No me importa. Te quiero, te quiero, Barrie, te quiero.

Barrie observó a Dawson, su rostro tenso, el rubor que se extendía por sus mejillas y los ojos que se dilataban a medida que aumentaba el ritmo frenético de sus cuerpos, la pasión desenfrenada. Dawson separó el pecho del de Barrie y apretó la mandíbula.

—Mira... —pudo decir antes de perder por completo el control.

Barrie anduvo con él cada paso del camino. Se apretó contra él, que empujaba con violencia y frenesí, para darle la mayor satisfacción posible. Se abrió a él y lo vio gritar en oleadas de éxtasis. Entonces también ella gritó y su cuerpo estalló en fragmentos de color, ardiendo mientras el mundo entero giraba a su alrededor.

Oyó muy lejana la voz de Dawson, con un tono de preocupación.

—¿Qué ocurre? —decía.

—Nada, estoy bien —dijo y sus ojos, grandes y verdes, brillaron de satisfacción—. He dicho cosas increíbles —dijo sintiéndose incómoda.

—Cosas malvadas y eróticas —dijo Dawson asintiendo—. Me encanta.

Se inclinó y la besó.

—No puede haber límites en lo que nos digamos en la cama ni en lo que hagamos. No pienso burlarme de lo que digas o hagas, jamás.

—Yo tampoco —dijo Barrie—. Te he mirado.

Dawson se sonrojó.

—Ya lo sé. Yo también te miré a ti.

Barrie sonrió tímidamente.

—Pero no he podido ver mucho. Había estrellas explotando en mi cabeza.

—Y en la mía, así que tampoco te he podido ver bien. Supongo que empiezo a perder mis inhibiciones, poco a poco.

—Puede que yo también —dijo Barrie apartando el cabello húmedo de Dawson de su frente—. Me gusta estar así contigo. Me gusta que llegues lo más cerca posible.

Dawson la abrazó y exhaló un largo suspiro.

—Tanta intimidad es nueva para mí —dijo.

—¡Ja! ¿Dónde aprendiste a hacer las caricias que me hiciste esta mañana? ¡No! —exclamó tapándole la boca—. No me lo digas. No quiero saberlo.

Dawson la miró. Tenía un gesto de enfado.

—Sí que quieres, y yo te lo voy a decir. Las aprendí en una sucesión de noches cuidadosamente elegidas pero emocionalmente insatisfactorias. Las aprendí sin participar realmente en ellas. No, no mires a otro lado. Tienes que oír esto —dijo y Barrie lo miró—. Me he acostado con otras mujeres, pero hasta que toqué tu cuerpo nunca había hecho el amor. Aquel día, en el suelo de mi estudio, fue la primera vez en mi vida que me di completa y deliberadamente a una mujer.

Barrie se excitó.

—Pero no te gustó —dijo.

—Me encantó —dijo Dawson—. No me gustó que me miraras porque no confiaba en ti. Cuánto lo siento. Concebimos un niño en el calor de aquella mañana. Siento que por mi culpa no sea para ti un recuerdo más feliz... para los dos.

—Yo no lo siento —dijo Barrie y sonrió con malicia—. Mirarte fue la experiencia más excitante que nunca me había ocurrido.

—Me lo imagino —dijo Dawson con ternura—. Porque esta mañana yo he podido mirarte a ti, todo el tiempo. Y ahora entiendo por qué lo hiciste.

Barrie se apoyó sobre su pecho y besó a Dawson en la boca, mordisqueando el labio superior.

—Porque querías ver el amor en mis ojos —susurró.

—Sí. Y eso fue lo que tú viste en los míos, por encima del deseo que me hacía tan vulnerable.

Al cabo de un largo instante, Barrie respondió.

—Entonces no me di cuenta, pero es cierto, era el amor lo que no querías que yo viera.

—Si —dijo Dawson recorriendo la nariz de Barrie con un dedo, disfrutando de la perezosa intimidad de sus relajados cuerpos—. Podría haberme ahorrado problemas. No has sabido lo que siento por ti hasta que no te lo dije anoche, medio borracho, ¿o sí lo sabías?

—No, no lo sabía —confesó Barrie chasqueando la lengua—. Y me sorprendió tanto que tomé el primer avión para ver si lo decías en serio —dijo y lo miró a los ojos—. Al llegar pensé que no querías que estuviera aquí.

—Estaba sorprendido y contento porque me has evitado el problema de volar a Sheridan para demostrarte que he decidido dejarme llevar por mis sentimientos hacia ti.

Barrie estaba tumbada ante él y Dawson la miró maravillado y complacido.

—¿Te das cuenta? Antes ni siquiera podía mirarte —le dijo—. Me sentía incómodo al verte desnuda.

—Entonces estamos haciendo progresos.

—Aparentemente —dijo Dawson y acarició un pezón. Frunció el ceño al ver las venas azules. El pezón estaba más oscuro y más grande. Deslizó la mano hacia su vientre y sonrió—. Dios mío, cómo has cambiado.

Barrie sonrió complacida.

—En Navidad estaré como un globo —dijo.

Dawson la acarició.

—Y tanto —dijo y le besó el vientre—. No le hemos hecho daño, ¿verdad?

—Los niños son muy fuertes —dijo Barrie. Sabía que Dawson estaba pensando en el niño que habían perdido—. Éste quiere nacer, lo sé.

Dawson levantó la cabeza y la miró a los

ojos. Permaneció en silencio largo tiempo. Sus ojos lo decían todo.

—No vas a perderme —dijo Barrie—. Te lo prometo.

Dawson suspiró profundamente.

—Está bien.

Barrie se sentó y se apretó contra él.

—Tengo sueño —dijo.

—Yo también. Podríamos dormir un poco. ¿Estás mejor?

—Oh, sí. En realidad no me sentía mal —murmuró Barrie chasqueando la lengua—. Al contrario, me he sentido demasiado bien.

Dawson la abrazó con fuerza.

—Después de todo, la vida puede ser maravillosa.

—Hummm —murmuró Barrie. Estaba soñolienta. Cerró los ojos y se durmió oyendo el latido del corazón de Dawson.